生命的颜色

孙秀翠 著

作家出版社

孙秀翠

“

1969年2月生，编审（教授），现任北京交通大学出版社副社长,中国青年作家学会第六届副主席。

从事出版工作以来，策划并责编出版“十二五”国家重点出版物出版规划项目“城市交通系列教材”“绿色交通、低碳物流及建筑节能技术研究”“网络文化创新丛书”3项，计32册；策划并正在出版“十三五”国家重点出版物出版规划项目“笔尖下的传承——六法框架式书法（5册）”；参与完成国家文化产业发展基金项目“ISLI国际标准应用示范——基于媒体融合的M+BOOK”1项；参与国家社会科学基金项目“数字出版物的营销模式研究（07BQ003）”的研究工作1项，项目结项获全国哲学社会科学规划办公室良好证书，其研究成果《数字出版物的营销模式研究》在清华大学出版社出版，并评为江苏省第十四届哲学社会科学优秀成果三等奖；发表学术论文30多篇；策划并责编出版图书近300种,其中32种图书获全行业优秀畅销书、高校出版社优秀畅销书、国家级规划教材及北京市高等教育精品教材等；原创诗360多首，其中《生命的颜色》《相随》分别获首届、第二届“中国青年作家杯”诗歌组一等奖。

曾获得首届北京市新闻出版行业领军人才、原新闻出版广电总局数字出版千人培养计划战略班人选、全国铁路先进工作者、北京交通大学出版社十年社庆十佳优秀员工等荣誉称号。

著名作家肖复兴老师为获奖作品《生命的颜色》颁奖

我遥望的幸福
一如天空中的彩虹
多变而迷人
我期許在流逝的節奏裏
有闲觀向自然與心境
一如我與祥雲的相視
溫情而從容
此刻的馳思裏
整個天空都是我的
而我屬於天空
孫秀翠詩 遥望的幸福節錄
己亥之春 周志高書

蕙质兰心

文藻隽秀
笔峰晴翠
丁塞峨先生读
孙秀翠先生诗感言

生命的颜色

生命的顏色

銀杏大道上
飛舞的杏葉
生命的舞蹈
銀黄
是季節賦予你的顏色
每個人都在追逐生命的
顏色
年齡不同
追逐的顏色亦各異
我用脚步丈量着秋冬
的距離
量着 量着恍惚間
玉蘭花正在盛開
那是我心中追逐的顏色

孫秀翠文
己亥春月
周志高書
於燈下

旋舞而下的金葉被我
接住了
碩果仰視著紅了臉
採擷心中的浪花

詩境入畫
妙筆生花

孙秀翠詩　乙亥武陵曲陸书

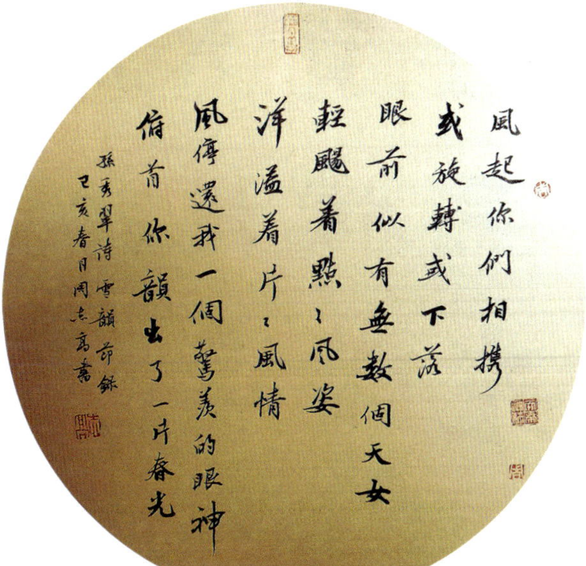
風起你們相攜
或旋轉或下落
眼前似有無數個天女
輕颺着點點風姿
洋溢着片片風情
風停還我一個驚羨的眼神
俯首你韻出了一片春光
孫秀翠詩 雪韻節錄
己亥春日周志高書

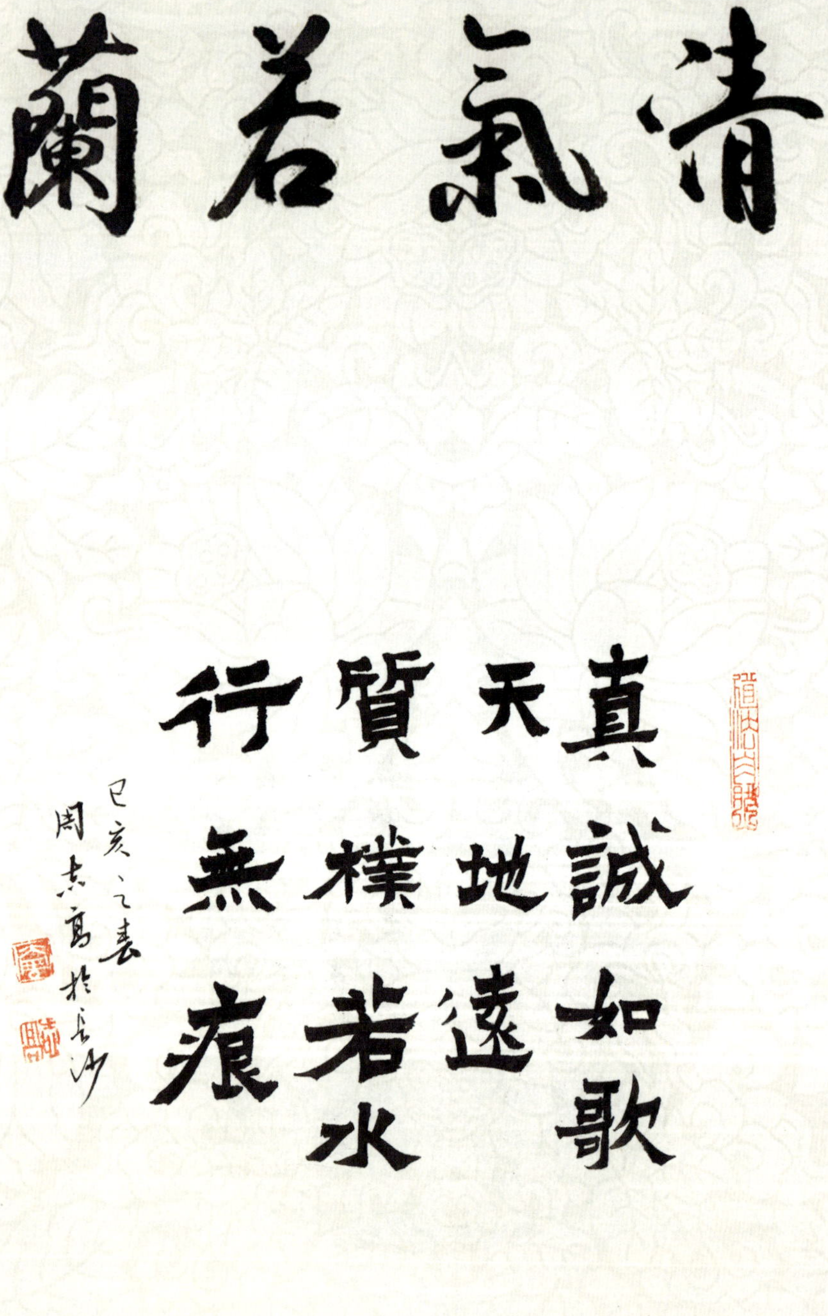
清氣若蘭
真誠如歌
天地遠
質樸若水
行無痕
己亥之春
周志高於長沙

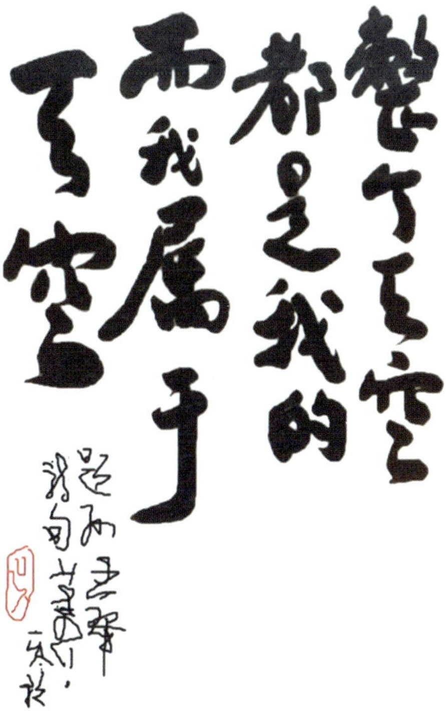

在落地中飞扬——孙秀翠的诗

“一片，两片……你们这是相约飘摇吗？”

——孙秀翠《雪韵》

“整个天空都是我的，而我属于天空。”

——孙秀翠《遥望的幸福》

这些诗句，我相信，不用是诗人，一个普通读者，也能从中得到阅读的愉悦和启迪，因为，它们不也在发出哲学之问吗？

——叶叶

《生命的颜色》文字充满丰富的想象，韵津优美富有节奏，这既是诗人对生活的演绎，也是对美好情感的追求；在当今诗歌式微的年代，它不仅让生命有了颜色，也为当下的诗歌增添了颜色；“诗中有画，画中有诗”，它惊艳问世，必定会引起一股新时代诗歌潮流！

——青年作家网总编辑　汪鑫

诗歌是一个私人话语到公共主张的流变过程，诗歌语言巨大的自由度，展现了诗人生活的所有可能。《生命的颜色》就超越了时间的束缚，即便两鬓斑白，也能读到青春期的初心。看破“春的姿态”，悟懂“寻常的滋味”，以“风中的故事”“故乡的老屋”淬炼出了静美的生命密码。诗中自有桃花源，诗人邀约我们在生命的颜色里常驻，不知有汉，无论魏晋，尽情与你道来。

——中国青年作家学会副主席　齐迹

清新中充满对生活的期盼；抒情时人性与理智齐飞。温和而热情，小语而大气。身居京华而诗风有水乡秀气。

——高级工程师、书法家　龚英辅

生命是什么颜色？这是由每个人所赋予的言行来决定的。它可能是一首长诗，也可能是一幅绚丽的图画。而作为资深的编辑，平时还写下了这么多的诗歌，字里行间透露出她对青春的怀想、人生的感悟和周遭境遇的哲思。

读孙秀翠老师的诗，时常引起我的共鸣，她的诗歌清新、明朗，蕴含女性丰沛的情感和岁月静美的韵致，读来无疑给人一种莫大的艺术享受和精神的陶冶。

愿诗人写出更多好诗，一枝独秀、翠绿诗坛！

——著名诗人、画家　方舟（周俊）

什么是“如诗如画”呢？读孙秀翠的诗就仿佛置身于画中。

读《根》，是“根对泥土的依恋，对叶的眷恋”；读《故乡的老屋》，看到的是老屋前那片葱茏的庄稼地，和屋后那条清澈的小溪；读《呼唤》，让我们听到了“每个人的心中都有一只青鸟，笃定着内心的那份坚守”。这些质朴而又精美的语言散发的是泥土的芬芳，素颜的表述中充盈着对大自然透入骨髓的挚爱。使人联想到诗人是位北方姑娘，因为每一句诗行里呈现的都是北方女孩独有的姿态——对情感坦率的追求和坚守。是的，秀翠，本身就充满了诗意。令人立即想到了《寒山诗》——“层层山水秀，烟霞锁翠微”。这份澄明，如一朵莲盛开在池中。

——资深出版人、作家　张福臣

她柔弱，“守着你不再远离的背影”；她刚毅，“整理老虎背上的斑纹”。在躁动的5G时代，她是另类理工女，“心存一丝绿”；在快节奏庸常中，她是细嗅蔷薇的资深出版人，把碎片化时光化作爱的“星星”。她用文字种下的青青草，浸淫“诗经”草木的暗香，濡染博尔赫斯们蓝汁般玄机。爱过的时光，都是金子的碎屑。爱的星斗，生欢喜心，灵光乍泄。铺陈、衍展、虚实、叠象、张力；用典、摩形、易色、双关、飞白……一字见心，陈字见新；妙运从心，随手多变。这就是诗人孙秀翠，宁静、低调、多情。她用涂抹生命颜色抛出的小小线团，哪一丝哪一缕不是闪烁着母性、美感、神示和佛光呢？！

——诗人、书画家、江西省抚州市作家协会副主席　刘道远（临川钓雪）

人生论到极致，无外乎活着和活法之区别。活着论到极致无外乎柴、米、油、盐、酱、醋、茶；活法论到极致当属富与贵。富多以财而论，努力可实现；贵以信仰为支撑，则需天降之灵气。富有章可循，贵则需天赋、运势加努力。富论到极致尽显奢华但征服不了内心；贵论到极致应是善待生命，品味万物，留世灵魂。

挚友孙秀翠当属贵之人，欣闻其诗集《生命的颜色》即将出版，欣赏之余，再次感受秀翠贵的品质。《生命的颜色》应属诗人生命之中极致生活的开始，品读之余实属羡慕，羡慕诗句里的美感，美感里的生命，诗句生命里鲜活的灵魂；羡慕之余有知己中的共鸣，有共鸣中的触动，有触动中的升华，有升华中的高贵。诗人借春、夏、秋、冬四季之名将《生命的颜色》画在天上，绘给大地，刻在心间，将所有与她交汇的灵魂赋予诗般的生命，读秀翠的诗如品她的人，坚强，情义，高贵，品格中透出美的奢华，滴滴入味，点点入心！

——中国戏剧文学学会副会长　吴腾骏

序一

歌者与她的世界

抚卷静思，我更愿意把秀翠称为一个歌者，一个对生活怀揣无限热情的歌者，一个对未来有着几多希冀的歌者，一个用心灵与世界拥抱的歌者。在她的故乡，山东莱阳，山的开阔与海的润泽孕育出的质朴与纯粹，是这个世界对她最珍贵的馈赠。于是，这个走出山海，拼搏求学，奋力工作的姑娘，用她的坚忍与刚强，守护着自己打拼的天地和幸福。如今的秀翠，在北京交通大学出版社担任副社长多年，与文字相伴半生的她，以一首多彩的生命之歌回报书香。

与秀翠的相识，每每让我不禁羡慕起她来。于工作，她做出版工作，我相信这会是她的最爱，审稿的过程就是在与作者的心灵对话，而这对于一个诗人来说是最直接的情感体验；于家庭，她和爱人相伴相知，和女儿亲密似朋友；于生活，她莳花弄草，烹茶挥墨，抚琴著文。这也使得她的文字充满着生活的情趣，有着女性特有的细腻，也透着对事物判断的决绝与果敢。

读秀翠的文字，会让人感受到浓烈的情感撞击。无论是《当灵魂失去支点的时候》对灵魂发问的犀利，还是《背影》中流露出的一个母亲内心深处的柔软，都满溢着她对人生的哲思与对生活的热爱。看秀翠的诗歌，会让你感觉她所讲述的就是发生在身边、呈现在眼前的真实与鲜活，《地铁冥思》中“心随声起伏”的焦躁会让你感觉如此熟悉，《夏日的阳光》“以九十度直角挥洒热情”会让你再次感叹人与烧烤的距离究竟有多远，是一把孜然还是一层辣椒面？循着秀翠的文字，你会连连发出“这不是我吗？”的惊叹，于是你看到了《懒》中“每一寸肌肤、每一个细胞都抗拒着起床的信号”的自己，于是你看到了《活着的意义》中“成长于挫折与苦痛挣扎”的自己，于是你看到了《故乡的老屋》中“儿时的我喜欢数满天的星斗”的自己……

文字的力量，跨越时间，走向隽永。当一个人打算将自己的热爱交付给文字，他也就有了抵御孤独与困惑的勇气。所以，秀翠是幸运的，她与文字这场命中注定的相遇，成就了她自己，也成就了《生命的颜色》。

生命的颜色是多彩的，它可能忧郁如蓝，让你陷入无尽的惆怅与伤感；它也可能热情似红，让你沉浸于终极的欢乐与欣喜；它还可能沉默如金，让你寻找世界的静谧与无垠，而这所有的情绪，都可以在《生命的颜色》中找到那份似曾相识，就像看镜中的自己，带着恍惚中的真实踟蹰前行。

文学之路布满荆棘，这本小小的集子只能算是前行道路上的一块路牌，愿每一个热爱文学、倾心文字的灵魂都能如荆棘鸟般纵知前路荆棘仍能泣血放歌。

最后，我还要感谢秀翠对学会工作的理解和支持。在中国青年作家学会第六届会员代表大会上，秀翠当选为副主席，她在这个文学团体中很有凝聚力，是大家的良师益友，是文学青年们的大姐姐，我相信她会和大家一道，作为一个歌者，缤纷我们文学的百花园。

2019 年 4 月 12 日

序二

问余何适　廓尔忘言

人这一生，汲汲以求的或许是一种圆满的状态。何谓圆满？碧瓦朱甍、雕梁画栋、声名远播、流芳百世；抑或纡金佩紫、前呼后拥……凡此种种，名缰利锁，无不将人心困于欲望的牢笼，难以成其圆满。

真正的圆满，或许是洞察人世后的顺应自然，或许是善待万物后的心胸广大，或许是长途跋涉后的归真返璞，又或许是餐风露宿后的淡泊明志。一个人必得经历沧桑，方可获得自我的觉解，实现真正的圆满。

本书的作者孙老师多年从事出版业，在书山稿海之中磨砺出一颗“钻石心”，辛勤耕耘，成果颇丰，然而她从未停下奋斗的脚步。她一直在努力追寻精神境界的圆满，实现心灵的淡定平和。写诗正是一种修炼心性、提高境界的好方式，于是孙老师时常读诗，不停写诗，终于收获诗集《生命的颜色》。

《生命的颜色》以自然四季映照人生四季，漫漫岁月、苦喜交替，一点一滴、累积才思。春季，在北海公园看千年古槐、奇崛古松；夏季，在暴风雨前看雷霆万钧、云雀翱翔；秋季，在红螺寺看松海慈云、翩翩晚霞；冬季，在大雪纷飞时看苍茫大地、银装素裹……观赏自然景物的时候，内心是有触动的。自然赋予人以遐思，也让人获得心灵的平静。

读《生命的颜色》，最大的感受是平静。也许作者曾经历过一些人生的挫折，或是正遇到一些生活的烦恼，但最后总能转化成一种向上的积极的能量。所以，《生命的颜色》是一种苍翠的勃发的精神，是遇到生活的种种考验，虽千万人吾往矣的执着。

孙老师是一个求新求变求进步的人，她从不会停留在现实的繁华幻景中，时常想去突破自己，寻求自身的成长。现在，她通过写诗的方式，为自己延伸了体验生活的柔软触角，也收获了更美的人生体悟。

孙老师来自山东，骨子里带着一种天然的干练直爽、热情大方。她在工作中雷厉风行，不拖泥带水，十分利落。这样的性格，或许很难想象她会写诗，因为写诗需要放慢节奏，多花时间体验生活。但是用孙老师的话讲，她需要慢慢地沉淀，需要累积人生的厚度。她喜欢种植花草，在自己的阳台上整理出一片郁郁青青；她业余学习吉他，已经能弹出好多悠扬的曲子；同时，她还写诗，有灵感的的时候，一气呵成，但是写完后，会反复斟酌修改，寻找最恰当的感觉。从最初的兴之所至，到现在的厚积薄发，孙老师在写诗的道路上越走越宽，向她心中所向往的精神的圆满越走越近。

愿《生命的颜色》能在繁芜的生活中，给读者带来清净的感觉。

“问余何适，廓尔忘言。花枝春满，天心月圆。”

人生圆满多么难以获得，思虑太多反而无法消解。

繁花开满枝头，皓月当空正圆。此刻，我们无言，欣赏就好。

吴清然

2019 年 3 月 30 日

目录 Contents

春

夏

秋

冬

春

跋涉

从时光的流年里
也有一千多个日夜了
有人在某个说不清的时刻里
爱上了一首苦涩而又希望的歌
在歌的旋律里
她倾听着成长的步伐
她活在了希望的田野上

田野上的花不屑于旅人的目光
喜欢踏着自己的节奏
在四月的春日里
呼呼啦啦地绽放
此起彼伏地摇曳心中的绪曲
相较之下
将暮的夕阳倒映出旅人的矜持
天空里除了倒挂的深邃的一片蓝

还有旅人折叠于月亮的满腔爱

在浅浅折折的节奏里
有一盏或明或暗的心灯在闪烁
每个旅人都是时光的猎物
在被时光彻底捕获前
她漫步于心音呼唤的荆棘中
追逐着荒原里的最后一朵玫瑰
陶醉于灵感相撞的喜悦里

2017 年 4 月 28 日

北海公园记

千年唐槐展古韵
槐花迎风接碧天
静心斋内江南景
焙茶书画神仙眷
人于画中影在行
叹古烁今韵味萦
怀雪堂内人丁稀
寂静领略古松风
金银木前嗅花香
旅人面迎笑颜开
白塔寺内驻足观
手持法器暮雪月
从容自如原如此
心生向往着未来

2017 年 4 月 29 日于北海公园

背 影

背影
在上苍赋予感知的岁月里
发酵

夏日的阳光午后
大大的箱子
小小的你
偌大的世界任你去翱翔
穿梭于人潮涌动的机场
无限思量的背影在心中翻涌

分手的岔口
你从凌乱无序的马路穿过
羞怯的背影在脑中盘旋

情投意合的姐妹
淋细雨，赶出租

醉心于南京的鸭血粉丝
列车远去的背影无以言表
调座的欣喜无人能挡

假日的喜庆里
我把入心的背影串成如诗的画面
风干成记忆的岁月玫瑰
待到春暖花开
花瓣里嵌满如你的背影
背影里尽是重逢的喜悦

2017 年 2 月 6 日晚

根

根，须谦恭蜿蜒
才能抱紧泥土
只为了头顶的那一抹绿

根，怕见阳光
根的无私成就着叶的绽放
在南国见到的坚韧而裸露的根
曾深深地震撼着我
那是根对泥土的依恋
在你匆匆的脚步里
可否念起
根对叶的眷恋?

2016 年 4 月于中山大学培训课间所感

春的律动

四月的颜色
如孩童眼中的色彩
——嫩黄、晶透
操场上的脚步比
冬季轻盈了许多
我分不清是
季节的力量
还是内心的流溢
叶在耸天
人在舒展
回眸处
夕阳在偷窥展姿
嘿，干吗呢？
昔日的老友

2018 年 4 月 6 日于操场

春日的风绪

四月的清晨
满眼的绿
在春日的心中

司空见惯的校园小花
圣水滋润着你洁白的心田
日渐披绿的迎春花
在和煦的光芒下熠熠
天人合一的龙爪槐
办公楼下摇曳的花海
盎然的生命里
莫名的感动之风掠过天际
随白云悠游

《老鹰之歌》的旋律
悠远而深邃
盘旋的心音
飘荡在如歌的春风里

寂静如你昔日的风采
海上钢琴师在风中奏响

2017 年 4 月 7 日清晨上班路上有感

春日里的雪

沉寂了一个冬日
未见你覆盖期盼的大地
春风拂面的季节
你倒是喜气洋洋地飘洒起来

撑伞漫步于操场
飘洒的静谧时光
定格于你飞舞的瞬间
语言之孤独美
犹如雪中彩影
美得神秘而有弹性
生命的富裕莫过于此
我已分不清
空中飘浮的是雪还是雨
“此中有真意
欲辨已忘言”

2018 年 3 月 17 日下雪记

春天的偏见

假期，四月里春天赐予的礼物
连续两日的踏青赏花
春意浓烈得让我起了疑心
桃花浩浩荡荡地盛开
红得扎眼
梨花呼呼啦啦地绽放
白似银雪
在阳光的召唤下
各种花争先恐后地奉献着青春
也不知为什么，心
并未与这些艳丽分明的色彩碰撞
别致含羞的小花倒成了眼中珍贵
庄严肃穆的古柏诉说着你的悲与喜
古老的设计风格记录着你的史与智
有你相牵的日子
我醉倒在春意荡漾的偏执里

无你相伴的岁月

我突然找不到春风吹拂的方向

2017 年 4 月 3 日游天坛公园

春天的姿态

坐在六层楼的书房里
任春光恣意倾洒
心荡漾着春天的姿态
万物在春的气息里蔓延
它们深情呼吸的模样
随风摇曳的姿态
在上演一个又一个春的故事吧

它们虽是寂静的
但有着自己独特的节奏
无关风月
无视大地上匆匆的脚步
在春的迷宫里陶醉
演绎着一个又一个
属于自己的秘密
我想变成一棵树
活成它的样子

2017 年 2 月 26 日下午

春意·梅花

春意知几许，梅花邀清影
檐下梅花香，醉了赏梅人
昔日嬉戏影，今朝思念情
别致摄影技，情影刻心间
檐上梅花盛，屋隅展洞天

2018年2月22日赠友人

云　彩

青蓝的天空上
飘着几条如你一样的彩带
在你的世界里
有我向往的自由与
驰骋的空域
放眼尽望
心也跟着飘浮起来

2017 年 4 月 22 日

春雨·清音

雨中远眺
映入睛窗的不再是
透亮的蔚蓝天空
摆动的婆娑柳枝
摇曳的绚烂花海
满心已被滴滴答答的
雨声主宰
春季的北方仿佛
变成了潮冷的南方
冷寂而缠绵
此时此刻，也终于
理解了蓉城时人们对
艳阳高照追逐的渴慕
雨打玉兰叶
心沁落雨声
风中有故事

花间奏清音
漫步中
昔日的那份纯情
在雨声中入眠了
世上可有一种秤
能称雨中的情与思？

2018 年 4 月 13 日雨中随感

当往事飘远

其实
再勇敢、坚强的人
在不经意的触媒下
也会静静地流淌心伤
曾经，以儿时的经历
愈合了两位老人遭遇的创伤
这也许是袒露心伤的意义吧

静夜，稀星相伴
当一件件往事飘过
又是一抹尽染的新绿
这浓烈的色彩
足以亮倒狂风与暴雨
从容，有温情地对待
才是真本色

2017 年 3 月 2 日夜

地坛公园散记

地铁里，人流如织
此次乘车
心情放松而湛然
缘有熟人相伴
公园里，天圆地方设计
人稀庄穆，心中所喜
口琴、二胡、吉他、舞蹈
园中奏响了序曲
门球、毽子、扑克、跳绳
人们的享乐之趣
生活妙趣盎然
悠然漫步间
沐天地之灵气
赏春天之花草
看梨花阵阵
一种活泼的气象

一片龙爪槐的天空
阳光把心中的喜悦呼唤
恍惚间照出了果实的模样

2017 年 4 月 1 日于地坛公园

地铁冥思

我一直有一个信条：
人活着，能快乐思考
就是一件很幸福的事
但今晨地铁上的思考
该是缺席的
此刻的我只想闭目静休
但大脑泛出的依然是
涌动的人潮
电话声、移步声、聊天声
声声入耳，心随声起伏
一个巨大的能量流动站
每个人都在以独特的方式
呈现宇宙的信息
日夜奔腾
“大望路站”到了
我的冥思难觅踪影
首都经济贸易大学校园的
丁香飘过

韵味漫过交流的时光
使此次冥思有了不同
寻常的味道

2018 年 4 月 12 日记

多情的星

夜很长
群星拱月
众星之中
你是最深情的一枚
时间的镰刀可收割红颜
但你确信时间不会收割
月亮的柔光
一旦月亮的柔光不再
最亮的那颗星也会陨落
天光云影之下
天庭中玉兰花的枯萎
会激起星最深沉的思绪
泪眼模糊了星的记忆
今晚星星的面容憔悴
步履沉缓

若有月亮的柔光陪游

星会欢天喜地

闪耀万里

2018 年 4 月 22 日夜

粉色的蔷薇

五月
耳边回荡着
不止有节日的欢愉
还有影院的旋音
以后的以后
以后就再也没有了以后
人生没有如果
只有经历的点滴
留给彼此的记忆
才是真实与永恒的
在心坎里咀嚼、回味

路过超市门口的花店
柔弱的你对我说
“把我带回家吧”
我捧着，一路欣赏

你娇美的姿态
柔嫩的叶子绽放着
七八朵粉色的小花
迎风招展
这是你昂扬的理由
你的力量抚慰着城市里
日夜的奔腾

2018 年 4 月 30 日看电影《后来的我们》随感

歌诗达游轮观海记

清晨入游轮
暖阳照海面
海上无岁月
云海两相茫
波光粼粼处
船深繁华尽
海涛汹涌来
白浪逐船行
妙若远处景
情如此时潮

2018 年 2 月 10 日观海记

风中的故事

青松迎山上
百花报春来
岁月碾过的
人与事，情与爱
已化作风中的故事
在静谧的山谷里响彻
在摇曳的油菜花海中诉说

玉兰藏丛林
犹在枝头俏
我憧憬着心中的向往
矜持地走过一年又一年
风行水上
能自然成纹吗？

我走在季节的春光里

双手捧住了飘舞而下的
陈年老叶
如同接住了埋藏于心的
千年幸福
一份感慨，几多思慕

橘子洲畔影相伴
芙蓉花神含苞待
桃红柳绿随风舞
花光水影映成趣
待到瑞雪纷飞时
橘子洲头展新颜

2018 年 3 月 21-23 日韶山、长沙活动记

故乡的老屋

习惯了城市的高楼大厦
匆忙的身影折叠着寂静的一角
心绪像春日里破土的嫩芽
急切而茁壮地滋长
飘飘然折成了空中的飞机
眺望起故乡的那一座老屋

老屋前是一片葱茏的庄稼地
小麦、玉米、花生、蔬菜
是四季里常有的点缀物
老屋后有一条清澈的小溪
是儿时的我们嬉戏的乐园

老屋的院子里有一棵苹果树
儿时的我喜欢数满天的星斗
更喜欢仰望苹果树的花开

经过春、夏、秋的阳光沐浴
果树上会挂满红红的苹果
一如小孩子红红的脸蛋
老屋的院子如夕阳的彩虹
装满了幸福的行囊
夏日挑灯的夜晚
院子里回荡着大人们的忙碌
和孩子们的欢声笑语

两年前回到故乡的老屋
老屋在风中伫立
诉说着心中的故事
此时此刻
天空飘来一只风筝
蓦然间，我在风中抖了抖
似风筝努力维持着平衡

2017 年 4 月 22 日

故乡的印象

读了很多文
大多是故乡的愁思
故乡给我的印象
却是灵动而温暖的

在故乡清幽的山涧里
春风拂醉了
马尾辫的小姑娘们
满篮的野菜成了大白鹅的美味
椭圆形的鹅蛋是节日里的奖赏
洋溢的笑脸便知心里的温度

秋收时节
捡麦穗、扒红薯、掰棒子
是儿时的我们玩耍的乐园
点种花生
悄悄偷吃几颗也是常有的事

望着一排排刨出的花生窝
那时的我也好奇自己种进土里
是否会结出大串的花生

现在想来
那时的想法该有多幼稚
几十年城市生活的打拼
有时倒情愿醉倒在故乡温暖的怀抱里

2017 年 2 月 14 日晚

冷 暖

一个决定
一次对待
滋味在季节里发酵
月光的眼
穿透了星空飘荡的乌云

天蓝色的衣服
暖绿了窗外生发的春天
屋内
两个人的对话
交流，碰撞，眼神
心知春意里的力量

“木秀于林，风必摧之”
木须强韧，方御春寒

2017 年 3 月 7 日下午

海边的回音

我记得你去年夏天的样子
灿烂的笑容里透着几分青涩的成熟
海外生活的打磨使人成长
心音里回荡的是骄傲
言不出的疼爱在天际飘洒

我记得去年夏天
一家人一起远行日照的足迹
火车上与你对足而坐
目光里装满了幸福的温暖
心与火车的共鸣声同步
与留恋的时光共振

赤着脚走在细软的海滩上
起伏的心跳在海面荡漾
我凝神远眺，一无所有

仿佛又拥有了一切
因为你们的存在
一切在时间中慢慢复活
心中的渴念
在潮湿思念的夜里
分裂成诸般梦境
在春日的星空下绵延

2017 年 4 月 17 日晨

文史上的痴情才女

西泠桥畔
青山环绕
烟波盈盈
杨柳依依
倜傥少年
痴情才女
芳华早逝
芳魂不剪
烟尘有绽放的记忆
一抹泪花涤烟雨
伴时光悠悠
随季节长青

2018 年 3 月 27 日读《苏小小和她的文学沙龙》

一文随感

海浪私语

时光飘远了年轮
若能抓住时光的手
求它放过收割记忆的碎片
碎片中的图像便可鲜活

十月的海夜
星眨眼，月微笑
大海的力量挽起了
星与月的相约
看天空绚烂的烟花
听远处海浪的私语
偷窥青春的脸上洋溢的纯真
月亮的柔光里透着喜悦
星与月相顾的那一刻
月亮便住进了星的心里

仰望处，星泪盈满眶
人类不懂星的语言
月亮亦沉默不语
星的心思漫游大海
潮起潮落，随浪花丰盈

星愿活在与月相映的老时光里
这种希冀带给星短暂的慰藉
又会如泡沫般将星梦击碎
时间的镰刀横扫
留下的半截尽是海浪的私语
串起了一生思量、珍赏的故事

2018年4月24日夜

蝴 蝶

万花丛中
你可是护花的使者
若是，请擦亮你的双眼吧
寻哪一朵是你的钟情
花期没有常春藤
若选，就寻限量版的那朵
别让它独自凋零了

2018 年 4 月 30 日夜

花　思

步入玉渊潭公园
就被眼前的美景陶醉了
各色樱花主宰着园里的狂欢
恣情地竞相绽放
花对树的爱从未倦怠
也从不吝啬自己的笑容
惹众人频频亮相于你的面前
小鸟也跟着凑热闹
在你的枝头雀跃不止
欢唱着爱的赞歌
此刻的我已慌了阵脚
眼花缭乱中，我不知
该先欣赏何处的风景
“我们过来接你”的呼唤
让此时的我有了定海神针
相见的欣喜可想而知

“静水流深，大美不言”

春季里的园容
一改冬日里的萧枯
踏着春固有的节奏
赋予人类神奇的力量
我崇尚自然馈赠的礼物
花开花落，晴晴雨雨
皆是夕阳里的双份厚赠

2018 年 4 月 12 日原新闻出版广电总局数字出版
千人培训战略班同学游玉渊潭公园随感

江舟行

一叶扁舟江上行
数枝翠竹迎朝霞
霞光万道熠江面
竹叶盈盈向舟翁

2018 年 1 月 29 日

鸟窝的结局

大美春光里
树木郁郁葱葱
在其上着窝
该是你理想的栖息地
可你反其道而行之
将窝安放在奇险的电线杆上
如今，你的窝被捣碎在地
替你着急，为你遗憾与不安
我不敢靠近去看捣下的窝里
是否有待孵的鸟蛋抑或是小鸟
最好不要让我看见
真不知道你当初的梦想是什么
寻求电的温暖
还是彰显你的与众不同
鸟窝的结局如斯
壮哉悲哉，旋转的木马

2018 年 4 月 15 日晨偶遇随感

第一枚书签

四月
春意盎然的时节里
玉兰花正盛
如你灿烂的笑脸

遥想津城的某个角落
蕴藏了这枚别致的书签
由它来书写时光的印迹

莲心图案的签底
在岁月平平仄仄的印痕里
折叠幸福与喜悦
如晨雾奔跑在阳光里
灿若星星雨
人荡漾其中

心随之苍翠

酷似蝴蝶的签口
在彼此追逐的身影里葱茏
四目相望里
追逐明了内心的春天

2017 年 2 月 20 日忆第一枚书签

殊途同归

海纳百川
你若有此胸襟
就该允许每条小溪
以自己的方式快乐流淌
同样可以到达期许的海域

小溪有自己的追求
有自我奔腾的理由
千篇一律地按照
一个节拍拍打
如何会有惊喜的气韵
浪花溅起才是这个时代
应有的脉搏

2018 年 6 月 8 日

赏徐悲鸿《松鹊》有感

傲霜残枝出孤臣
暗香疏影显隐者
苍松劲拔挺气节
喜鹊登枝问远方

2018 年 2 月 21 日

四月·清雪

本是盛花四月天
却道清雪舞苍穹
一番风雪一番雨
满身清贵润万物
落花无意雪飘飘
同窗有情雨绵绵

2018 年 4 月 4 日于人大国学馆，北京大学出版管理高级研修班六期结业、七期开班课，三十年一遇的冷雪，记之。

思　念

阳光洒满床
是我最喜欢驰思的时候
闭上眼睛
如沐电影
片段无数
止于想你
想你了
朦胧中天空刮起一阵风
带着祝福与思念
飘向天边另一端的你

寂静的校园
抬头仰望
撒下满天的星斗
照亮你，也照亮了我
酷似的表情

轻盈的身体
天使般在空中飞翔

飞过高山，跨越沧海
一起领略心中的山水
驰思可以这般美好
思念的心灯已点亮

2017 年 2 月 1 日

调皮的星

满天繁星中
有一颗调皮的星
虽青春已逝
然童心未泯
据说唯此星能与
月亮的柔光辉映
夜夜流光相皎洁
这样的渴慕
唯调皮的星用
思想的箭头可抵
寻你无边无际的模样

2018 年 4 月 22 日于书房

虚度春光

北京的春天
在寒冷与温暖的较量中前行
今日的奥林匹克森林公园
天空透蓝，祥云环绕
我醉倒在绚烂的春光里
折服于自然赐予的清音里

逢季的二月兰正盛
摇曳的桃花依旧灿
不知名的各色小花
含羞低眉秀容姿
一路上柳絮纷飞
似天女散花
惹众人躲闪扑打
此时该有一场蒙蒙细雨
打碎天女的美梦

还路人一个清静

来到湿地的空域
小蝌蚪甩着小尾巴
骄傲地嬉戏、畅游
似与金鱼比拼谁更具魅力
此时的湿地，歌声、交流声、
蛙声混响一片
我更青睐静谧的溪流潺潺声
流淌于心是一首优美的乐曲
举头仰望处
嫩黄参天的树枝透着
欢喜的光芒
从此定格了心中的图像

2018 年 4 月 15 日上午于奥林匹克森林公园

雨中情

春雨点石径
伞下共双影
疑是梦中景
醉了园中花
最恨路不遥
惜别两依依

2017 年 3 月 24 日傍晚

挑战十公里

去奥林匹克森林公园的地铁上
我便盘算着挑战十公里的行程
疾步投目间
树木葱绿，花草点缀
娇小的桃花玲珑而饱满
让人见状有一种早熟的喜感
四月天的海棠花
在微风的吹拂下
窸窸窣窣地飞旋而下
心接住了炫扬的幸福
黄绿相间的桂花树
与四月的迎春花酷似
常让我困惑
“终日向人多酝藉”的韵味
在桂花园中弥久盘旋
空澄的天地蜿蜒中

我的十公里终极目标

已接近尾声

放眼望去

湿地又展现了另一番景象

随风摆动的叶子盈盈

仿佛在迎接旅人的归来

此时湿地静谧的空域

与上周人声鼎沸的场面相比

让我怀疑是另一片净土

谁有藐视时间的威力

唯艺术与自然堪媲美

2018年4月20日出版社党日活动于奥林匹克森林公园随感

星星的追逐

四月的雨夜
凉风微习
天空布满带状的云层
星不见月，月不见星
星星信步风雨
确信会用思想的目光
把月亮寻到
空域里喘息
影子里喜悦

2018 年 4 月 21 日雨夜随笔

我想自由呼吸

重压下的千疮百孔
难过得找不到出口
夜里醒来，想逃亡
影子消失于孤岛
荒野主宰着夜色
落笔无声，未惹忧伤
眼里却是潮湿的向往

在刀锋上行走
如同在火苗上跳舞
一旦走过、跳过
便会是不一样的志与境
心志愈坚，心境越亮

树是直的，天是阔的

只要果子不要叶的

永远得不到真果子吧

2017年3月15日夜

相　随

每当大片的薰衣草在眼前烂漫
便是飘展的身影在心中荡漾时
时间是世界上最贵的礼物
你是时光里的天使
在四季里长青

相随是自然里最美的缘
柔和的春风吹拂
风与柳的相携摇摆
温暖的夏风习习
蜜蜂与花蕊的故事上演
料峭的秋风掠过
麦浪划过了农人的心田
收割着一年的喜悦
雪装点了寒意的冬季

迎来了星与月的辉映
我站在四季相随的风里
领略着树与叶的相依

2018 年 3 月 17 日于书房

“薛涛笺”上写春秋

“枝迎南北鸟
叶送往来风”
儿时的你
已崭露头角
灵透的你
周旋于险杂的官场
才情的你
引无数文豪竞折腰
多情的你
心绪波澜纵横
“薛涛笺”上写余生
诗词簿里熠光芒

2018 年 3 月 27 日于家读书随感

养花启示

凭窗远眺
春色一天比一天明朗
相较灰蒙的天空
还挺像样的
给人一种喜感

家里养的花
绽放了不同的姿态
尽管不及花开时的靓丽
但仍有其不一样的韵味

有的花仅绽放一时，凋零
未留下任何果实
有的花开过之后
会留下不同姿态的果或种子

花开尚且，人亦如此

学会欣赏不同阶段的节奏

既是变通

也是一种进步

我以均匀的步调
踏在花开四季的路上

2017 年 3 月 12 日

月亮的柔光

太阳的金辉闪射
让人只有瞬息仰望的份儿
夕阳的余晖柔和
让人心生眷喜
在星星的眼中
月亮的柔光清澈
是世界上最美的光
洒满周身的血液
细胞个个都晶莹
充满创意的爱的张力
星获此光，如获至宝
决意铭记月亮的柔光
用心记载年轮赋予的悲欢

2018 年 4 月 22 日

烛光晚宴

窗外，波涛汹涌
窗内，温馨尽显
一个浪漫的夜晚
玫瑰盛开，烛光莹莹
柔美的钢琴声传来
携船摇摇晃晃
净心绵远
心之境，阔如海
我与浪并肩追逐
起浪处，海之魂韵
不知倦，海之本色
我不知自己属于
哪一朵荡起的浪花
归期，归期

2018年2月12日晚

紫竹院春光

一个人，一个包
一杯茶，一本书
漫游于紫竹院

我用瞅文字的功力赏花
花羞，蔓延开来
漫出了一片春色

杨柳亲吻着湖水
湖水以荡漾的波纹报恩
不远处，游船三三两两
大人携着小孩
你追我赶，嬉戏着
唯小黄鸭于水面处淡定

院中飘起的彩带

飘出了人们的向往
嘹亮的歌声悠扬
歌出了心中的愿景
最浪漫的时光飘远

二胡、扬琴、大鼓
各种乐器齐上阵
奏响在紫竹院的角落
乐开了院中的来往行人
生活本是多彩的
然很多人过成了单调

热闹的景致过后
头隐隐灼痛
我怀疑乍寒的春风
和我碰撞，悄悄偷袭了我
抑或是经不起春意诱惑的我
而醉倒

2017 年 3 月 18 日上午于紫竹院

爱的风采

春雨霏霏的诱惑里
裹挟着风雨兼程的脚步
我在季节的交替里
忘记了年龄
如青年般的热情在雨中
撑伞、奔腾

凭窗远眺的风景里
三里屯 SOHO 的愿景在闪烁
柔和的灯光下
阳光帅气的外表下
透出的爽朗笑声与温情
阐释着爱的真谛与力量
健美的奔跑里，大地会懂
你无声滋润的韵律
春风会播撒你爱的种子

我从圆润柔美的话筒中
书香墨香的精心设计里
悄无声息的细腻摄影中
悟到了同频共振的脉搏
爱会让死神却步
爱会焕发绚丽的光彩

2019 年 4 月 24 日

不老松

樱花盛开的季节
你依然矜持有样
雨后太阳的晖韵柔和
你在阳光下愈加神采
我领略着心中的风景
也目睹了左顾右盼的喜鹊

2019 年 4 月 10 日

创意园里春意浓

小径通幽处
桃花盛开时
春意里酷似蝴蝶的双叶
依然坚挺，翩然轻扬
夕阳柳影，婆娑起舞
一幅春意阑珊的画卷

蒙古包里的悠扬琴声
食文化演绎着当年的金戈铁马
创意园里的萨克斯二重奏
雁南飞的故事在上空盘旋
春的气息在弥漫中浓郁
在浓郁中温暖

2019 年 4 月 6 日

春的洋溢

春的洋溢
我迷失了自己
81 路公交车上
你的万千容颜
令我语塞
顿羞词穷

我在南沟泥河迷了路
坐上了反方向的车
若不是及时询问
南辕北辙的轨迹愈行渐远
这是你洋溢的魅力
我心甘情愿地迷失在
你的相拥里

2019 年 4 月 6 日

春天里的虔诚

大片的繁华落尽
槐花成了季节的宠儿

细雨绵绵的日子
我寻到了季节里的虔诚
这里有清幽里的静谧
这儿有涤荡心灵的风景
这里有层级而上的亭心水
这儿有古老的银杏、紫藤花、
青松、钟楼与七叶树
这里还有凝神而望的狗狗
那俨然的模样让人
有探究的兴趣
这儿有东北人传说中的“洋辣子”
流露出的笑意
春天里的万花筒

生活中的情态万种
我从每个人的虔诚里
看到了四月盛开的春心佛意

2019 年 4 月 28 日于公园

方 向

风中飘来一种莫名的气息
挂于树梢，欲说还休

五月，遐思的夜晚
星空之下，灵魂的栖息
木椅之上，树叶的清香
叶窸窸窣窣的律动里
闪耀着一种美的清芒
依偎的画面是梦中的寄托

飞鸟掠过
另一种气息主宰
飞鸟徘徊的影子于空中闪烁
是什么让你做了片刻的停留

2019 年 5 月 21 日夜

风　景

在槐花绽放的时节
杨树在及时雨的滋润下
恣意放低身姿于风中摇摆
令我不驻足都难
古老的枣树在蓝天下舒展
生展出嫩黄的绿芽
春阳映衬下的黄栌分外迷人
自然的恩赐成了众多目光
青睐的风景

在飞逝的时光里
你是我心中的风景
我是你眼中的风景
在相识的时空里
我们是彼此心中的风景
能成为一抹风景的节律里

于人、自然皆是一种

丰厚的馈赠

你，是我心中的一片天

2019 年 4 月 28 日

海胆面里的影子

在冰箱的冷藏室里
一直珍藏着一瓶海胆

周六的阳光暖射入屋
阳台上的花草、蔬菜
生机一片
诱发了我做海胆面的欲望

海胆面味道鲜美
我想象着海胆的样子
海胆黑茸茸的外壳
很难让人想到内里的价值
更不会与鲜美产生关联
我在想象你于超市中选购海胆的样子
虽在想象中忘记了放油
但丝毫不减面条的口感

我在品赏海胆面的驰思里
张家界的风采是否依然苍翠
美丽的相遇如同雨后的彩虹
在余生的天空里绘展

2019 年 4 月 13 日

节日的欢愉

假期的时光总是
比平日里游走得快
此刻的你
是否与我有同感呢

在节日的欢愉里
我们享受着自然里的满目青翠
享受精神馈赠里的喜悦
你们有心中的浪花
所以会妙笔生花
渲染隽秀的书法风采
您有铁血男儿健美的武姿
更有“军中一把刀”的美誉
你们是人类健康的大美使者
我在旌旗满屋里沐浴着
妙手回春的力量

爽朗的笑声、歌声是美食里
馈赠的最贵礼物
我在节日的馈赠里遥望着
与幸福的距离

我在眼前的幸福里
望风光旖旎的雁栖塔姿
赏雁栖湖里的树影婆娑
醉夕阳余晖下的光影交错
交互辉映的湖光山色折叠着
“一带一路”春风吹拂下
宏伟愿景的美好蓝图

2019 年 5 月 1 日于怀柔

棉花糖般的天空

晴日，诗意般的树林下
我仰望在棉花糖般的天空里
蔚蓝疏影，枝条曼曼
你不该如此之美
令我不知该倾情何处

桃花盛开的倩影里
嫩黄的银杏叶于风中摇曳
远处夕阳的橘黄色
梵高笔触下的深邃蓝
“星光咖啡屋”祥和的
祝福画面于此刻定格
人活纯粹方得通透
一如蓝得透明的天
包容了整个大地

2019 年 3 月 22 日

鸟窝之趣

冬季的凛冽里
我常担心寒风中摇曳的你
是否足够温暖
历经风雨洗礼的你
而今在和煦的春光里轻扬
此时的我倒情不自禁地羡慕
你当初的选择
槐花飘香，碧叶盈盈
春天的气息可尽览无余
时光，从来不会为谁停留
你不是时光，会为谁停留呢
树为叶生，叶会为树而停留吗

2019 年 4 月 21 日

三月韵

漫过朝阳
走在欲说还休的三月
柳树经不起湖水的亲昵
率先而绿，吐露嫩芽

夕阳西下
漫步于寂静的校园
迎春花正盛
鸟儿双栖于三月的枝头
呢喃倾诉，温馨一片

三月的春分时节
风将老树的枯枝梳理
打理得荆条分明
心生绿意，叶接碧空
春风偶也解风情

风折柳枝，折痕于水

湖心荡漾，影倩心扉

三月的韵律思接了老时光

在春光里流溢万千

2019 年 3 月 21 日春分记

山楂花下你荡漾

相识，徽韵里的文学情
相知，黄山的雪韵里
真诚，在眼波里流转
果敢，你处事的态度
从此，你驻留心扉

阳光，洒满校园
你在山楂树下荡漾
叶因你而愈加葱茏

2019 年 4 月 30 日

为心灵的价值而舞

在春风依旧料峭的时节
树木醉在枝枝蔓蔓的交融里
向阳而生的迎春花吐露着花苞
我来不及数你生展的脉搏
你已随季悄然而至

我站在笔直的马路分界线上
两边人闹纷杂
而我的视线只有远方
远方的那一盏明灯
你为心灵的价值而舞

二三十平米的斗室里
气球缤纷，星缀墙壁
挂于腰间的气球轻扬着
刹那间挤成一团的爆响声

嬉闹声响彻斗室
一片欢腾的海洋
那神情、那喜悦
是我心中追逐的光与影
你挤出了一个斑斓的春天

矫健而柔美的投壶比赛中
迷糊的蒙眼摘星体验里
恍惚间倒流回儿时的恬谧
让我对春日有了另一份期待

2019 年 3 月 8 日

温情的目光

特殊的日子与相遇里
阳光也温暖、新奇
本是细雨霏霏的春日
阳光突然闪射入屋
心有灵犀之人一定收到了
恩赐的光芒
行走的空气里透着喜悦
我确信绽放的槐花里
装满了幸福

都江堰，一个史上的创举
青城山，一段难忘的记忆
北京，此刻的境遇里
仿佛回到了江南水乡的古镇
那是梦境里与你的画面
我的睛窗里只有你

你的温情目光

你的音容笑貌

你的虔诚许愿

我悉数收割在心中

流淌于岁月的影像里

愿你生命的颜色

斑斓而多彩

2019年4月28日

遗失在春光里

花絮漫天的春季里
我又一次坐上特 15 路公交车
赏人间四月天的空澄

春风依旧按节律吹
花相似，人不同
我笑春风不解风情
相聚的欢愉里传递着
出版人无声的眼神
春光无限，忆过往
我情愿徘徊在记忆的角落里
默而无言，等风再起
遗失在春光烂漫的星空里

2019 年 4 月 13 日

玉兰的春天

走在春风吹拂的三月
绽放的你令人目不暇接
你昂扬的姿态洋溢
在我的生命里
你是光年之外的精灵

走在不同的校园小径里
你呈放着不同的景致
飘展着异样的神采
谁会成为我手机瞬间的永恒
也许秃顶的不老松
会揭晓其间的谜底

我徜徉在三月的春天
远处的天空
一片片诱人的棉花糖

阳光的力量，风的力量
吹开了万紫千红的春天
你是生机盎然中的使者
迎我信步在春光里
飘向月照无垠的空域

2019 年 3 月 30 日

玉兰花纷谢了

四月的光阴
飞逝在梦境般的节律里
我来不及细赏你的妆容
你就悄然纷谢了
夜色下你抖落的样子格外迷人
取而代之的是一片片的葱茏色
仰望你嫩绿昂扬的姿态
一种莫名的喜悦油然而生
顿感周身的细胞都晶莹起来

品赏自然比品赏人类轻松
你不必有所保留
可尽情爱自然赋予的一切

当劳作的轮廓划过天际
你活成了一阵风的样子

2019 年 4 月 13 日

远与近

繁华落尽，槐花登场
月季成了五月的主宰
墨绿是季节里叶子的主色调
而我独喜玉兰的嫩黄色
古老的枣树下嫩芽丛生
芳华园里不知名的紫花盛开
山楂果已坠满枝头

雨后的鸟鸣得比以往
更清脆一些
响彻于绿叶满枝的校园

愿力可随眼光流转
高原上，一朵盛开的雪莲花
雪山上，一片七彩的云雾霞

2019 年 5 月 19 日

走在春天的神韵里

——为北京交通大学而歌

若时光能够倒流
我想迂回到一百二十余年前
站在时间的静河里
静静地领略你百余年的沧桑史
流淌的时光中折叠的光影
不老松记载你年轮里的荣光
先哲们留下的财富与精神
唯用思想的箭头方可寻你
流淌旋律里的深邃

百年的历史，百年的积淀
汇聚的斐然硕果
一如春天里的百花齐放
丁香花开香满园
紫藤花绕明湖水

芍药花烁碧叶间
郁金香润园中色
在春意怒放的节奏里
你既有空谷幽兰的静谧
也有枯木寻禅的清幽
我们徜徉在你温情的馈赠里
山楂树下，你荡漾的脉搏
扬起了交大人启航的豪迈

新的起点，新的征程
校园里高扬的银杏、国槐
一如交大人奋进的英姿

在闪光思想的碰撞里
一粒粒智慧的种子萌芽
从此生根、开花、结果
风会播撒你思想的种子
跨越星空，于岁月里常青

在循循善诱的师影里
呕心沥血是你无悔的选择
学府的圣地上由此桃李芬芳
一大批蜚声中外的杰出人才

奔赴在祖国建设的各条战线
奔涌的洪流里描绘着一幅幅
国家繁荣发展的盛景

在尖端技术的研发中
你挑灯夜战的身影
已飘展于铁路大提速、
大秦铁路重载运输、
青海铁路挑战极限、
高速铁路赶超一流的绵延里
延展的时空懂你创新的意义
“高铁”的名片在广袤的空域里轻扬
绘就“一带一路”国际化战略的新蓝图

时光，不会为任何人而停留
我想把黑夜变成白昼
同阳光一道挥洒
交大是时光馈赠的最贵礼物
我们因你而更加自豪

2019年5月20日于交大新园

夏

暴风雨前奏

初夏的气息里
今夜的星空躁动
飘浮的阴云密布
星云喘息的步履蹒跚
涌动着一场暴风雨
来临的节奏

雷电是天庭示威的表象
莫名的雷电接二连三
折断了翅膀的云雀在低空飞翔
于空中哀鸣

黎明前的黑暗
得以暴风雨冲刷
天心才更干净
云雀有冲破乌云的力量

飞出绝望的边缘
从一种状态跃迁到
另一种状态
世间的状态千万种
总有一种状态适合云雀
飞出你边歌边舞的本真

2018 年 5 月 16 日北京雨夜

草原的节奏

夏日里
齐家聚草原
静品自然所赋予的力量
喜悦无边
苍茫辽阔的天空
群鸟飞过
蜿蜒无边的草原
触手可及的白云
恍若误入了天堂
低头在重复张合运动的羊群
悠闲而沉醉
仿佛在咀嚼夏日里青草的秘密

2015年夏草原之行

草 木

草木的世界是广袤的
一年四季的轮回里
成就着茂盛而繁华的种子
核桃、大枣、芝麻以及各种
农作物的果实等皆是其
盛大贡献的缩影
人类是缩影的超级享用者

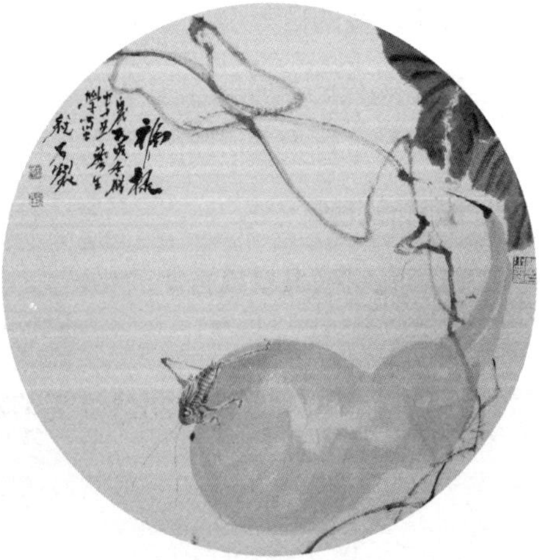

在我的世界里
草木比人类自由、纯净
按季节的韵律开花结果
无拘无束，热烈而奔放
草木比人类富有、善良
它们既是美的创造者
也是寂静的美食贡献者
草木在静默中响彻青春的旋律
吐露盛开的芬芳

2018 年 5 月 23 日夜

测度痛苦

喧嚣的轰鸣里
似波涛汹涌
已经低到尘埃里
还想怎样?
我用思想的针
刺度痛苦的边缘
世上可有一种仪器
可以探到
望远镜、显微镜
也许有如此功力吧
浩瀚的星空里
我确信有此法力

2018 年 5 月 2 日夜

痴

痴

风中炫舞的一枚金叶

遇见阳光，它手舞足蹈

如狄奥尼索斯酒神般沉醉

试与天公比谁更闪耀

偶遇阴天，它会低空探测

努力维持着平衡

飞出自带的光芒

狂风暴雨，它干脆

不再飘浮，落地静观

如阿波罗日神般温暖

能量覆满金叶，它又在

期待下一轮的旋舞

2018 年 5 月 13 日周日晨

穿梭的灵魂

你和我
出生于不同的年代
相识相知于同一个时空
时空里穿梭的不只有时光
还有两个相惜的灵魂

每一次的接触
每一次的对话
恰似心浮星空
做千万里的遨游

灵魂的遨游非言语能及
心能感知其遨游的深度

2017 年 5 月 25 日

当灵魂失去支点的时候

当灵魂失去支点的时候
就像空中断线的风筝
或随天风起舞
或稍息于风和日丽
不劳作的灵魂
活络如跳动的火苗
于风中涌溢、凌乱
除非逼近临界点
灵魂永远不知道
自己的深浅
静独时，它会找到
一丝残喘的气息

2018 年 5 月 5 日

飞鸽的选择

你志向高远
驰骋海域
折伤翅膀的欢悦里
矜持地飞翔是最好的选择

浪花翻涌的波涛里
扬起的清亮泡沫，破碎
海风掠过海面
一浪打过一浪
旋涡是片刻的歇息地
飞鸽在旋涡里
淘得了汹涌的真谛

2018 年 5 月 16 日夜

风的追逐

大风的追逐
逐就了多日期待的天空
放眼仰望
倒挂的射程天空
似乎变成了碧蓝的湖面
醉了偷窥的月亮
还有随风闲游的白云
一念遐思
怡神的飞行赛过神仙眷侣
初夏花间的风潜过
花香在风中蔓延
风与风在风中相拥
人与人在彼此期许里革新
我在革新中消融了自己

2018 年 5 月 17 日夜

恭王府记

初入恭王府　神思遨游处
悠悠岁月史　古韵荡心间
曲廊亭台阁　幽深秀丽景
才子靓英姿　画骨展情怀
驻足观皇室　盈盈草木影
“鹤飞岩烟碧　鹿鸣草涧香”
遥想当年景　恍如入仙境
幽台诉往事　慨然行来路

2017 年 5 月 31 日于恭王府徐院长画展记

故乡的青草味

雨洗后的天空
天心干净而又清爽
许久未有过的欢欣
漫步遐思中
我闻到了故乡的青草味
清凉的夏风吹拂
久旱逢甘露的坡上野花
该莹然并放了吧

我常常钦佩于先哲的
真知灼见
“清者自清，浊者自浊”
豁达的胸襟方能领略
绝伦无比之处
轻捷的夏风悄潜入怀
故乡的青草味甘香

2018 年 5 月 21 日雨后随思

挂 思

寂静的夜，深邃的天
月亮是心中的宠儿
当飞机的轰隆声闪过
星便失宠且凌乱不堪
心如挂树梢
一半在五月的风中摇曳
一半在微颤的地上仰望
毛笔在旧报纸上盘旋
笔尖上流淌着平安
《天边》的旋律在心中升腾
天际线的另一端
不问去时，不问归期
安然的景致
是星不再凌乱的归期
是生命期盼的原色

2017 年 5 月 1 日夜晚

光芒的力量

凭窗远眺
太阳的光芒闪射
头顶的阴霾寻到了
清晓而急忙逃散
时间是一个温暖的大熔炉
熔化心路纵横的故事
我折服于你富有弹性的哲理诗
靓丽而富有生机的思想
你十几年写就的诗集
我用一个礼拜就啜饮完了
于我，这是最奢华的馈赠
欢欣随柳枝摇曳
在风中传送

2018 年 5 月 8 日休假读《纪伯伦诗选》随感

呼唤（一）

风景美如斯
只因心如画
每个人的心中都有一幅画卷
画自己像花一样绽放的玫瑰
每个人的心中都有一只青鸟
朝着有光折射的地方飞翔
撒下期待的吉光片羽
飞累的时候
也许她会驻足、栖息
暂时像冰一样凝结
等待消融

她目迎远方
笃定着内心的那份坚守
骆驼，日复一日，年复一年
是她忠实的陪伴

骆驼，懂她远眺的执着

疾风掠过时

她们的目光交织在同一条地平线

2017 年 5 月 2 日凌晨有感于油画家张明老师的作品

呼唤（二）

经过长途跋涉
在时光老人的眷顾下
你们拥有了彼此
你站在更高的肩膀上
尽览着更远的高原线
期许着心中应有的风景
在期许的目光里
相依是生命永恒的主宰
在相依相偎的节奏里
神秘给人无尽的遐思
就像飞鸟掠过天际
我对你只有无解的疑惑

2017 年 5 月 18 日有感于油画家张明老师的作品

槐花飘香时

这里的槐花
导演着五月的狂欢
踏进这里
槐花飘香的味道
让我想起了小时候
妈妈做的槐花面饼
清爽中伴着丝丝香甜

这里的气息
有让时光倒流的秘诀
想让人不驻足都难
语言苍白时
这里能呈现你想要的一切
原始的野性
清澈、高远
灵动而飘逸

心未抵达

所以向往

我在这里

穿越了半个世纪

2018 年 5 月 1 日于 798 艺术街

懒

周日
身体像灌了几百斤的铅
妥妥地赖在床上
每一寸肌肤、每一个细胞
都抗拒着起床的信号
晶莹地映着一个字：懒
任潜意识想做任何挣扎
皆无济于事
房间外任何美味的呼唤
都诱惑不了贴在床上的姿态
身体就像破壳的软蛋
再也收不起来

2017 年 6 月 25 日

灵魂与皮囊

灵魂与皮囊唇齿相依
皮囊因灵魂丰盈而饱满
灵魂因热情的皮囊而愈升华
当热情的皮囊冷却
无翼的灵魂因此而被拘留
灵魂不在
皮囊夸夸其谈
焉用？掩耳盗铃
自欺欺人罢了

2018 年 5 月 16 日深夜随感

美

真、善、美一直是我
崇尚的三君子
你是君子之万众追随者
虽然我说不上真正的美
到底是什么
但我确信你就是美的化身
你是美的传承者
从你眉眼间流露的神情里
我看到了洋溢的阳光
我看到了扬起的自信
爱你，胜过爱我自己
苍穹里有我遥望的目光
思念里有我殷殷的挂牵
期许思想的目光一直
会赐予你前行的力量

平安健康地追逐学业

快乐幸福地放飞生活

于此，美流传

2018年5月18日晨

墨香沁书记

目迎炎烈日，喜盼故人来
仆仆风尘至，缘为书翰墨
斗室把字展，心清闻墨香
悠然见春日，草木欲滴翠
言尽意无穷，友情卷潮来
潜心品墨法，感佩涌心田
炉火纯青达，功力笔端展
遥想昔日景，萦绕辛劳影
愿君多保重，共展蓝图景

2017 年 5 月 27 日下午，书法家顾典章老师顶烈日来社里送《六法框架式学书法》插图墨宝

诗

温情所至，喷涌而出
你像雨后蔚蓝的天空
博大、空旷而清新
你像天边美丽的晚霞
令人凝注、流连而忘返
你像璀璨夺目的烟火
跳跃、灵动而自由
你像天边熠熠闪烁的星星
调皮、飘忽不定
你有时还像遥远的月亮
深邃、深情而温暖
在一些人看来
尽管你清淡无用
但我看来
你的精神恒久苍翠
这是我迷恋你的缘由

2017 年 6 月 29 日雨后

石　魂

五月槐花正飘香
红黄蔷薇喜迎客
青白石塔古银杏
一片幽静沁心香
艺术馆里藏石史
包罗万象荡恢宏
透过刀锋看笔锋
铁笔传神展古风
柿树欲把屋影邀
银杏树下鸟鸣鸣
“石不能言最可人”
静默千载思悠悠

2018 年 5 月 6 日于北京石刻艺术博物馆

时 光

小时候的我
常常以无限期来感知时光
每一日，每一月，每一年
漫长而多彩
光阴如同天上的星星
数也数不完

而今的我总在怀疑
掌管时空的是否是同一个
老人，是你
故意缩短了四季的轮回
变得越来越吝啬
不肯多做一秒的停留

将暮未暮的夕阳
燃尽自我

依然有让人眷恋的那一刻
梅花雪月交光处
星空的老人挽住
将暮的彩虹
再多挂一分钟吧！

2017 年 6 月 4 日

时空穿梭

傍晚时分
我是宇宙里的一个缩影
黑夜里
我缩成一个黑点
聚集着白昼里汲取的营养
咀嚼着生活赐予的各种味道
黎明时分
我同太阳一起生发
释放着黑夜里汲取的能量
挥洒给我所喜爱的人和物
不问结果
内心的喜悦会告知你
存在的价值与意义
一个在时空穿梭透彻的人
让我在时空隧道找到了共鸣的坐标

2017 年 6 月 25 日夜

死神与我擦过肩

五月，感怀的季节
往事可堪回首的记忆
如琴弦般奏响
那时的我们
青春豪迈
朝气蓬勃
人像拉紧的弹簧

岁月的手划过十三年前
死神与我擦过肩
小小的年纪遥望了
墓地与我的距离
从此
山也巍峨
河亦清澈

上苍赋予笔触
记载年轮的悲欢
哑口而雄辩的沉思
是岁月馈赠的力量
待死神再次拥抱时
迎接我的姿态会
轻盈、从容

2018 年 5 月 3 日

天使的翅膀

梦境里
天使下凡
紧紧牵起我的手
两个快乐的影子
穿过原野
越过小溪
溪流潺潺
奔腾无边
天使的翅膀有
温柔的力量
我愿在梦境里长眠

2018 年 5 月 13 日周日午休

天上似乎要下火

天上似乎要下火
走在炙热的校园路上
树慵懒，不肯摇动一丝
身披的绿叶
鸟雀也在树上有气无力地
偶鸣一声
一刷夏季里鼎沸的存在感
天庭在施展下火的威力
即使与平息的气流相遇
整个人犹如沸腾一般
此时此刻，搬来救兵
才是聪明之举
北极万里冰封、白雪皑皑的
壮景是最好的融热剂
美丽的天鹅在空澄的蓝天飞翔
调皮的企鹅俨然身着

燕尾服的西方绅士
扬起胸脯在雪中摇摆
那尽情摇摆的模样
成了消夏的冰爽桶

2018 年 6 月 6 日随笔记

跳动的火焰

夏日的阳光照进书房
当我读着《博尔赫斯全集》——
面前的月亮·圣马丁札记中的
“航行日”时
两年前一位友人的身影跳入脑海
伊丽莎白女王公园、斯坦利公园
UBC 大学、温哥华海滩等
都有你陪伴的美好时光
最使我不能忘怀的
是去维多利亚的渡船上
人、车在船上同行的
有序流动
构成了一道亮丽的风景线

渡船上就像朝阳大悦城
咖啡屋、书店、商品店等

人沉浸，时光飞逝

船外的海是深邃的
深邃得让人浮想联翩
在来往如梭的岁月里
所有在船上与海底的故事
你都用博大的胸襟尽揽
你的神秘一如那次的远行
未来是令人向往的问号

海的远处是蔚蓝的天
微寒的光，远飞的燕
栏杆处的倩影在风中飞舞
船上的壁炉跳动着火焰
你、火焰，温暖了整个行程

2017 年 5 月 20 日周六下午加拿大之行忆

我梦见你哭

草木葱茏的季节
你光临我的梦境
你走来，笑语盈盈
盘桓我梦里惯住的心田
你走来，与尘世无关
你是苍穹下凡的天使
抚慰伤痛不已的灵魂

再完美、坚强的天使
也有泪眼莹莹的时候
犹如初夏树叶上的雨珠
晶莹而剔透
这神圣的雨珠流布周身
一如接住了赐予的幸福
凝眸呵护

太阳冉起，雾渐散

梦境醒，你走开

只因你与这尘世无关

2018年5月11日夜

五月的味道

四月闻过花香浓
五月树木正葱茏
一年一年复一年
倩影青葱犹萦怀
玉兰花落一地间
一地相思无尽处
鸟栖枝头依旧跃
只是不见赏雀人
春风不改旧时颜
晓迎清风朗秋月

2018 年 5 月 15 日

夏日的交大校园

夏日的交大校园
其实挺美的
翻新的雅致建筑
盘旋的林间小路
葱茏的草木情深
流逝的光与影
人和物
漫步中
如电影般浮现
二十三年的交大生活
弹指一挥间
时间是绚丽梦想的交集
心存一丝绿
蔓延开来
便是整座森林
交大如森林中的灯塔
指引着交大人放飞

2017 年 7 月 8 日下午

夏雨之舞

傍晚，有雨
雨淅淅沥沥地下着
落到地面，晶莹
溅起喜悦的浪花

雨不慌不忙地下着
宁静而温馨
伞下，我和你
行在回家的路上
炎热已甘拜下风
行人的脸爽朗起来

岁月如歌
夏雨若潮
在渐行渐远的时光里
雨水模糊了视线

雨中的轮廓若隐若现

今夜的雨有些特别

风中交织着雨泪人的幸福模样

2018 年 7 月 7 日

星月皎洁

五月末的季节
繁花落，草木盛
风中下起了小冰雹
谷涧，一颗晶莹剔透的心

星闪烁着清芒
坠入梦幻般的迷雾
不肯醒来
冰河似在消融
山涧的小溪在流淌
迷雾里
星窥见了月
还有结疤的伤痕
生命的尽头
该星月皎洁

2018 年 6 月 11 日夜

血　气

血气
灵魂里舞荡的禅意
你的血气
犹如地中海喷射的火焰
吞抱汹涌澎湃的大海
你不畏权势的豪迈
山河惊诧于你的壮举
你为自由而战的洒脱
唯清风明月堪比配
你款款温言的深情
虽与血气无关，但令
熙来攘往的灵魂驻留
风中有爱
你思想的光芒亘古无边
骆驼队叮当的影子永远在闪烁

英年早逝的你
空余泪眼的是挂在暝色中的星
你的血气柔化进一片祥和的净土

2018 年 5 月 11 日读《拜伦诗选》随感

夜　色

夜色
总会激起人无限的遐思
白日天空里飘扬的祥云
变幻了云游的姿态与色彩
蒙上了一层朦胧而神秘的面纱
月亮与星星也来凑热闹
似在窃窃私语
在暝色的灯光映衬下
夜色多了一份宁静的气息
今晚，我不关心夜色
只对异国他乡归来的
友人感兴趣
宏状元的粥
异域的风情
于未来的抉择意义非凡

2018 年 5 月 27 日夜

怡然山庄记

若阔别久远的老友一般
在这里，找到了心
归宿的模样

瓜果满园，庭院幽深
假山流水，金鱼欢畅
庭院不远处
但见山坡上黄杏满地
在夕阳余晖的映衬下
似珍珠点缀风水宝地
清风徐来
偶听鸡叫鸟鸣
石阶盘旋蜿蜒处
大片的枣树林立
枣花繁点，随风摇曳
待到金秋十月时
枣果飘香尽开颜

2018 年 7 月 16 日于房山怡然山庄

音　乐

音乐，调味剂
酷似生活中的油盐酱醋
调和着一生的喜怒哀乐

音乐，是出色的导航家
带你领略波澜壮阔的空域
徜徉温暖如春的古色小镇

音乐，是深情的催泪师
会把情绪演绎得泪流满面
荡气回肠的豪迈萦绕心头

音乐，是十足的哲学家
飘逸的哲思予工作以升华
洋溢的灵性给生活以情趣

音乐，亦是温柔的按摩师
柔绵的气息氤氲
仿佛置身于自然的仙境
听潺潺流水，闻鸟语花香
情绪在曼妙的旋律中消融

音乐，心灵的解语师
音乐，情感的抚慰剂
一生有你，一世富足

2018 年 5 月 18 日夜

星空遐思

《人类极简史》的徜徉
常让我对星空产生非分之念
星空的诞生竟如此神奇
在浩瀚璀璨的星空里
我会是无垠星空里的哪一枚
会去哪些有趣的空域探索
探索中会有哪些奇遇
何时会在星空中绽放
我折叠着余生的爱
在星空里流浪
期待星月皎洁的夜晚

2018 年 5 月 28 日夜

友谊碰撞的夜空里

车轮在飞转的时光里
我们在驶向一位
历史的承传者
在这里，我领略了
传承的真谛
永不倦怠的青春旋律曲

曾几何时
艺术的城标物映入眼帘
熟悉的旋律就会响起
风中摇曳着城市多彩的气息

一个眼神
一句问候
一次倾心的交谈
在友谊碰撞的夜空里

繁星闪烁着甜美的色彩
马头琴漾起的舞蹈
激荡着出版人的心声
传递着欢声与笑语
凝聚着恒久的情谊

2018 年 6 月 8 日晚于八音浩日娲

鱼之风骨

出生时
你是一枚鱼卵
随浪花漂流
自由而快乐
大海里遨游的心路
只有你自己知悉

从你游动的舞姿里
灵动的线条
一如画家灵动的思绪
在画板上留下的记忆
传说你的记忆只有七秒
碧草春心
这短暂的几秒
足以把深情的眷恋铭刻

逆流而上是你奔涌的姿态

任狂风与骤雨

直至生命的最后一刻

奔涌的姿态依然

留下的风骨清晰如初

2017 年 7 月 12 日晨

夏日的阳光

夏日的阳光
毫不吝啬地挥洒着光芒
若你再以九十度的直角挥洒热情
我只好投降
躲进树荫里
或者
缩进壳里，融化
咱俩还是商量一下
以四十五度的热情挥洒吧
这样搭建的弧度最美
既省了你的体力消耗
人们还能记住你的柔情

2017 年 6 月 10 日

雨中之趣——动物园缩影

天命之年
许是十几年未入园的缘故
内心竟涌动着一份期待
雨中索衣求伞的渴念
更增添了游园的情趣
动物园里的各色精灵
堪是人类的缩影

犀牛低头沉思
孤独地绕着小水湾
一圈又一圈
游人在讨论它绕转的意义
消食　健身
抑或是有心思
那深情思考的模样俨然是
一个人类的思想家

雨中的池塘边情趣盎然
天鹅时而对语，时而水中嬉戏
鸟鸣声、天鹅的呢喃低语声、
落雨声、脚步声
一个浑然天成的水上乐园

雨洗后的天空清新、透亮
该是火烈鸟出场的节奏
乍一瞅，其细长的美腿能
支撑起美丽的身体吗？
它们你追我赶的场景倒是
完全打消了我的顾虑

再看看黄嘴鹦鹳
完全是一副不开心的样子
好像受了多大的委屈似的
其木然的神态让人看了都伤感
你是天性如此吗？
还是年纪大了让人不待见？

还是小鹦鹉嗑瓜子的本领
让我欣羡不已

其锲而不舍的啄铁劲头
练就了一副锋韧的嘴
其孜孜不倦的精神
至今让人回味

雨后的风中让人
有飘展的欲望
小羊驼便是其中的一员
你瞅它可爱的表情
活脱脱一个小女孩的样子
让人一看就乐不思蜀

动物的世界里如此丰富
穿越非洲大冒险的旅程
也拉开了序幕
穿旷野，过峡谷
越高山，躲飞石
脑洞开得有多大
领略的景色就有多神奇
这周六的动物园之旅就此打住

2018 年 6 月 9 日下午北京动物园

月季花的祝福

月季花
导演着五月的狂欢
红、黄、粉月季此起彼伏
优雅、忠贞而热烈

人大校园暝色下的月季花
蒙上了一层神秘的面纱
朦胧而幽香

寂静、优美的餐厅里
祝福如接力棒般响起
心愿在心中流淌
每个人都在攀登自己
心愿的高峰
而心愿无关乎大小、高低
只要实现，就是自己

最美的英雄

歌德黄啤酒的醇厚品质

其回甘的魅力打破了天命的极限

《滚滚长江东逝水》的旋律奏响

“一壶浊酒喜相逢”

无限感慨于胸中

愿君“草船借箭”的智慧

舍予旷达天下

书香的风致飘逸

2018 年 5 月 10 日人大朋友小聚记

夏雨记

一个让人记住的日子
沉闷潮雨的帝都天空
让我怀疑回到了潮湿的南方
空气中的密度有让人
窒息的一种魅力
此时此刻
没有一首音乐能合心中的节拍
也没有一首歌曲能表达心中的旋律
放眼望，天水蓝
山长水阔之间
你立天水边

2018 年 7 月 16 日傍晚

云居寺记

青松翠竹掩映
白带山群之下
诗意般的名字——
云居寺
于默然中心生一份敬畏
一份欢喜之情

千年古刹的轮回里
静琬公及弟子们
穷尽一生的石经精神
激励着一代又一代传人
千年古刹的宝藏里
见证着传承的艰辛历程
香雾缭绕的虔诚里
诠释着镂刻的意义与力量
锲而不舍、一丝不苟的执念

于今世仍清芒无限

六月清雨的时节
雨洗后的玉兰果在闪烁
柏树的品格屹立

2018 年 6 月 17 日于房山云居寺

晚霞的绽放

凭窗而望的视线里
蓝得纯粹的天空
飘然而至的云朵
似乎误入了一片神奇的疆域
天空正使出全部的热情
孕育非凡的姿容
或棉花糖般轻柔
或腾云驾雾般洒脱
或海打浪卷式涌来

晚霞是热情绽放的礼物
收割着一片片的金黄
金黄里有你挥洒的激情
激情中忆写绚烂的憧憬
憧憬着自然大方的恩赐

晚霞眺望的云缝里
我看到机翼载满笑容
喜悦而来
镂刻重逢的故事
溢满相聚的温馨

2018 年 6 月 28 日

长春花

从遥远的山里走来
你绽放在城市的喧嚣里
曾几何时
你几度挣扎于死亡的边缘
枯萎如冬日里的残枝败叶
心疼如我
像救伤员般给你灌溉
你的要求如此之低
清冽的一瓶水就满心复活
从此满目葱茏
枝头绽放生命之花
疲累相遇你的目光
频频感动于坚强的你
静默如你，你不离
我不弃，守候如我

2018 年 5 月 18 日

灯

曾经，有一盏灯
明闪在初夏的夜晚
跳动着生活的希望

而今，曾经的那盏灯
如一颗流星，闪耀划过
润泽了记忆里的时光

多年未曾见的那片天空
桌子上的那盏灯
在另一姿态的映衬里
闪烁一种难以措置的光

2019 年 6 月 2 日

六月末遇见久违的你

六月末的光影里
向日葵唱着盛开的独角戏
细雨中的你，闪着泪花
挥着手，踏上了新的旅程
晨曦中的你，神采奕奕
昂起头，迎接着新一轮的朝阳
夜幕中的你，幻象万千
低眉思，心绪在夜空中蔓延
莫名的陌生感在这熟悉的
景象里冉生

六月末的季节里
我按以往的律动
殷殷地期盼着你的归来
在荷花盛开的时节里
归来了我心中影像中的你

六月末的星空里
飘浮着异样的气息
我已经没有眼泪可给
能给予的只有满心的祝福
分割成诸般碎片的心
于空中飞舞
我在六月末遇见久违的你
遇见了久违影像中的你

2019 年 6 月 28 日夜

秋

爱 情

爱情是甜蜜的
像绚丽的朝霞
映衬得每个细胞都晶莹剔透
爱情是忧伤的
像涓涓的细流
随岁月长河带走无尽的相思
爱情是苦涩的
潮湿的心在寂静的夜晚翻滚
然岁月是最好的风干剂
时光会把酸涩的
想流泪的时刻
悉数风干
化作玫瑰
爱情也是伟大的
超越人们世俗的眼光

独特而深沉

折叠于穿行的云和月

2016 年 7 月 10 日，有感于电影《大鱼海棠》

百花山记

秋风萧瑟
一路上领略着
落叶缤纷的模样
飘飘洒洒着驿动的心
时节的力量绚烂了
红黄绿的辉映色
秋季有其独特的神韵
林中生灵打破了秋的深沉

轻巧的百灵鸟啄着野果
机灵的小松鼠上蹿下跳
引逗着爬山者的视线

百花山上无一花
茶马古道话幻象
毛驴负重下山的场景仿佛
回到了久远的唐宋盛观

春日里的百花山该是
百花齐放，万鸟争鸣吧
憧憬着，路延伸到了山底

2018 年 10 月 6 日于百花山

茶

飞转的喧嚣时代
茶是稀缺的静凝剂
寂静的阳光午后
沉睡多年的茶
在沸水的呼唤下
舒展有致
一片，两片
似留恋状
徐徐起落
茶，经不住水的吸引
三片，四片
相约飘摇起伏
一起寻根
恋寻积淀了厚厚茶垢的老时光
茶如人生
难舍岁月温情

2015 年 10 月 6 日

尘 埃

你，微之又小
在阳光的映衬下
禁不住飘摇动荡
扰乱人的视线
以彰显自身的价值
一旦触及微风
吹来拂去的是你飘零的姿态
这倒让我想起
“飘飘何所似
天地一沙鸥”
的诗句
雨水的威力
让你降低身子
缩头缩脑
至而荡然无存

2016 年 8 月 11 日

大　海

平生里
有无数次与你相遇的机会
烟台、青岛、日照
深圳、珠海、香港
温哥华、堪培拉等
相遇的次数多了
自然对你有不一样的情感
念起你
总会让人产生无尽的遐思
海明威的《老人与海》
《外婆的澎湖湾》《大海啊故乡》
还有张雨生的《大海》
你是情感的收集与发报器
你有令人向往的魅力
也有让人思念的魔力
余晖晚霞　波光粼粼

宁静而安详
与你的相拥里
从你或平静或汹涌的姿态里
我读懂了你的品格——
有容乃大
与你的相知里
体会了心之泰然的妙境
此时此刻，更想去
瓦尔登湖体会人之为人的价值
就算是以后的心愿吧！

2016 年 8 月 15 日

淡定与超然

时间在时间的奔流中苍老
自己在自己的影子里凌乱
淡定与超然
内心的一种平静状态
智者，以恬淡之心
化解世事之纷扰
强者，以超然之境
抵制忧伤之散发
心能转境
学会清理心内杂物
乃尚方宝剑

2016 年 8 月 10 日

滴水湖的神韵

同一座桥，不同的时间
暖阳倾洒的热情有别
此次的旅程里
阳光收割着秋日天地里的
一片片金黄

同一个湖，不同的晨光
湖心渲染着不同的色彩

第一次遇见你
仿佛置身于世外桃源
惊诧于你的美与色
又一次光顾你
只为再一次看你的容颜
听万籁俱寂中的鸟鸣啾啾
观湖心荡漾起的层层涟漪

赏湖天一色的霞光万道
天空中流淌的层层波涛
与湖水交融
仿佛神游太虚
在熙来攘往的奔忙里
在世界顶尖思想的碰撞间
在滔滔不绝的研讨中
你如同思想的跳动
变幻着四季的神韵

叹晨光短暂
若给我大把的时光
我会坐成一尊佛像
目迎秋光
装尽这里所有的景致

2018 年 10 月 31-11 月 2 日上海滴水湖皇冠
假日酒店，参加第十四届全国高校电子信息学院
院长年会，早起赏滴水湖记

风

昨夜，温柔的你
璀璨了星空里的
丝状云，错落有致
心缥缈如斯般轻盈
陪祥云多翻了几个跟斗
天女散花般温暖、美好

今日，你一反常态
折枝卷柳般狂舞
臣服于你秋日的威力
幸好结实，未被卷走
放下摇曳的执念吧
不勉强才是最好的景致
温润自然的你更具韵味

2018 年 10 月 27 日

风　筝

你，是自由而欢快的
风和日丽时
可登高望远
飞出绚丽的风景线

狂风暴雨时
你，又是柔弱的
狂热的疾风扰乱了你的视线
不知该飞向何方
此时的你
该历练铜头铁翅
飞出阻碍的绝望
开启新的航程

2016 年 8 月 30 日

凤凰岭记

遥望龙泉山如画
茵茵绿草迎奇石
竹影摇曳明德苑
氤氲茶香溢苑墙
慕仰千年银杏树
粒粒黄果彰古韵

凤凰岭上凤凰云
祥云腾驾入松岭
松风阵阵送清爽
信步悠悠见秋阳
寺风妙境穿松林
松间阵阵传妙音

2018 年 9 月 23 日下午于凤凰岭龙泉寺

孤独的灵魂

你常常
漫步于太空
奔走于原林
流淌于江河

于世人而言
你是自私的、
无情的、冷漠的
舍弃舒适的生活
甘受灵魂的痛苦折磨
从宇宙的混沌中
去追寻常人所不能
理解的精神甘饴

你像一个终生跋涉的朝圣者
永远思慕着心中的那一块圣地
直至体无完肤，安息

跳动的火花方肯罢休

美是一种奇异的馈赠
也许真正的美是看不到的
一旦遇到
也许你会为之痴狂
我仿佛看到了一个脱离
现实、肉体而疯狂舞蹈的灵魂
那种超然物外又沉浸其中
那种豪迈的气概与无畏的勇气
那种醉心于自我构筑的灵魂伊甸园
令人振奋

空中折舞的灵魂
彼此深情的眼魂
泪眼婆娑的身影
惹梨花阵阵
丝丝震撼着心田
灵魂穿透云层
飞向月宫的怀抱

2017 年 9 月 23 日读《月亮与六便士》有感

观照心境

芦苇摇镜湖，斜阳无限美
鸥鹭展翅过，寂静空山林
静栖松木枝，闲观南北客

2018 年 10 月 14 日晚，读朱光潜
《专心致志向一个路径走》有感

红螺寺爬山记

七夕节，红螺寺
观音路上观音景
形态各异撼心扉
松海慈云伴路行
五百罗汉自在林
七夕节里一颗心
晚霞泪盈喜开颜

2016年8月9日

久别重逢

千亩园林一洞开
万花丛中一枝莲
拨开迷雾见青天
缘有一人为君醉

2016 年 9 月 3 日

溧阳天目湖

烟雨蒙蒙天目湖
木质绵绵台阶路
极目远眺无尽处
悠然又见白茶园
自在桥上自在行
逍遥桥上逍遥游
碧波园里真心酒
诗情画意同窗情

2016 年 10 月 25 日

南山竹海记

雨中翠竹摇，雾随竹叶舞

心沁雨竹露，泽如温润玉

伞下登峰悦，时时笑声传

一览峰下竹，朦胧嵌朦胧

2016 年 10 月 23 日

秦淮夜游记

江南贡院得月台，遥遥相望秦淮畔
秦淮河上舟上游，波光粼粼随舟舞
美轮美奂秦淮景，恍若置身明清境
秦淮八艳才颖奇，晓月桥上墨客影
白鹭洲上白鹭栖，乌衣巷里啄鱼忙
此景只应天上有，人间能有几回闻？
若是来日故地游，定把秦淮揽于怀

2016年10月23日于南京

涅瓦河的夜晚

放眼望去
游船静静地泊在涅瓦河畔
夕阳的余晖洒在涅瓦河面
流光溢彩
心饱览着河畔的景致
眼眺望着天边的晚霞
人间胜景壮美如斯

海风吹拂，游船徐徐行
我倚偎在栏杆上凝望
游船激起浪花朵朵
云河天际一线，波澜壮阔
晚霞变幻着各种姿态
偶似双栖的飞龙在天空遨游
心之焰火始燃，恍惚间
仿佛幻化于天边的晚霞里

船内,《莫斯科郊外的晚上》
的手风琴声飘扬
俄罗斯的风情舞蹈上演
特色美酒佳肴佐伴，笑脸洋溢

船外，景色醉人
夜色恋客
八月的涅瓦河十一时
天色才真正暗下来
如此长的白天
俄罗斯得节省多少电呢
世界之奇，人之渺小
以有生之年观世界之妙
是吾之心愿
涅瓦河畔的夜晚盘旋上空
涅瓦河畔的美景伴我入眠

2017 年 8 月 5 日夜

农庄的欢乐

三十多亩的农庄里
珍珠鸡、乌鸡、大雁、
鸽子、鹅、鸭、狗
栖息于山水环绕的一隅
目睹了鸡飞狗跳的气氛
升腾着一片欢乐的海洋

嘎噔嘎噔的雁鸭鹅声
如同混织的交响曲
瞬间把记忆拉回了
儿时印象中的故乡
那时的我一放学
总会提上篮子
挖满篮的苦菜奔向
响彻嘎噔嘎噔声的你们
这种快乐的记忆

绵延了几十年
听大人们说
苦菜是你们的爱
吃了这样的野菜
你们可以下很多很多的蛋
时光飞逝了四十多年
蛋香的味道依旧浓郁

2018 年 11 月 3 日于张家口宣化区农庄记

思　慕

暮夜思雨雨思人
绪恋君影影成双
湖心面上又涨雨
星草点点鹤木栖

青春恍若驹过隙
岁月打磨人棱角
梅花雪月交光处
慕情当许于远方

2016 年 9 月 18 日

贫 穷

映入眼帘的“贫穷”二字
也不知为啥，竟
让我忆起了孔乙己吃茴香豆的画面

贫穷，有时如隐形的一粒种子
在孕育、发芽、生长
根植于内心深处的贫穷
会使人更具奋斗的力量
华人首富李嘉诚、塑料大王王永庆
等人的奋斗史在脑中盘旋
贫穷会磨炼人的意志与性情
贫穷也会自带光芒
照亮并温暖人的心灵
现在像《佐贺的超级阿嬷》中的
外婆活得灿烂的人很少了
家穷得开朗，却活得很幸福

内心充盈饱满

她的笑容哲学像金子一样闪光

2017 年 10 月 17 日

青海驱车游览记

从西宁机场到塔尔寺的
自驾游线路里
短暂的留影印证了决策的英明
日月山、倒淌河是
大美青海湖的前奏风景
阳光明媚，白云相伴
凉风徐徐，心荡漾在
油菜花盛开的花海里
随白云、牦牛去流浪
海天一色的青海湖
晚霞映照着七彩斑斓

二郎剑风情小镇、黑马河是
茶卡盐湖的中途风景
变脸似乎是这个季节的惯景
前一秒还是笑容灿烂

后一秒便是大雨倾盆
雨中赏草原成了鲜有的风景
文艺范儿的小羊们静静地
相互对望，倾听雨声
而贪吃的羊儿们总在低头
重复着同一个动作
如繁星般点缀在绿野间

雨漫漫，雾缭绕
秋雨里洗过的太阳
光芒在秋的草原上生辉
哺育着草原上的生灵
草原的故事在云间流淌

雨后的草原
绿意盎然、清新香甜
风带着草原独有的味道飘逸
沁人心脾
引来彩蝶翻飞
雄鹰展翅翱翔
心随白云自由起伏

车蜿蜒盘旋
行进于羊肠小路
上下左右颠簸
四面八方摇晃
似感浑身散架了一般

皆言茶卡盐湖是天空之镜
然此次之行是风雨交加
遗憾似乎主宰了上风
但祁连山美的诱惑始现
峰回路转，风景纷呈
山羊、牦牛徜徉马路
车得谦让缓缓滑过
4120.6 米高原的山风
宛如卷起一把草般轻盈
大自然的神威可见一斑
谷底的悠闲自在
谷峰的险峻俏丽
自有你领略不及的风光

卓尔山的红土绿草

古战将的神勇谋略

仰视可见蓝天笑颜

俯视可窥祁连山脉

门源上山庄花海的风情

洋溢了一千多公里游览的景致

2018年8月26日晨记青海游

青山・雾影

迷雾重重锁青山
青山绿水恋雾影
遥迎对岸万木林
桃花依旧烁春风
木舟唯有江上击
方可悠然见天心

2017 年 10 月 22 日晨

青松·峻石

青松石岸挺

峻石静默立

迷雾绕松石

白鹭竞自由

意欲比天公

渺愧如苍粟

2017 年 10 月 28 日

秋夜听雨

秋夜落秋雨
霏霏接天际
冰雹似珍珠
雷声伴车鸣
楼下摇曳竹
醉卧杨柳枝
青灯对竹影
惬意灯下人

2017 年 8 月 11 日夜

圣彼得堡画影

双雀登枝鸣清音
蜜蜂翻飞采蜜丝
最是双蝶蝶恋花
牡丹花下映蝶影

2017 年 8 月 6 日于圣彼得堡上海饭店

秋　意

推开门
满心的欢喜
历经了炎夏
秋风送爽
醉意绵绵
放眼望去
嘉园小区里
秀竹摇曳多姿
竹影烁烁
仿佛领悟了秋意的馈赠

虽说秋季是感伤的季节
秋雨无痕
心情洒了一地
可春华秋实
蒲公英随风播撒希望的种子

田间的枝头挂满丰收的果实
喜悦洋溢在勤劳的人的脸庞
秋叶在思虑着如何脱去
过时的衣裳
来迎接冬的拥抱
徜徉间
“梦似驼铃惊明月
心如红叶染青山”
秋季
该是盛装上演的季节
绿、黄、红相映，色彩斑斓
景色醉了诗心

2017 年 8 月 27 日

秋之韵歌

西山黄叶烁烁
透着帝都蔚蓝的天

猫腰前行在山腰间
巨大的哗哗瀑布声
响彻云霄
让人折服于自然的气息里
石崖里耸立的翠竹
尽情沐浴在溅起的浪花里
还瀑布一个摇曳的舞姿

一路上秋果尽展容颜
松果、银杏果、玉兰果
山枣、柿子、山楂
在秋阳的映照下熠熠闪烁
仿佛是视觉、味觉的盛宴

山之风，涧之溪
涧水在秋光下折射的彩虹
让人误入了桃花源中
缥缥缈缈，宛如仙境
拾级而上，山花烂漫
双人竟觅不到涧水的源头
偶思中闻得蝈蝈的吱吱声
一幅天然的桃花源盛景

2018 年 9 月 16 日于北京西山国家森林公园

相思的喜悦

夜幕里
灯光下
不小心
一滴墨滚落
一地表白
却被你的夜色晕染
没人发现
灯影处
日夜在咀嚼你的夜色
在你柔情的目光里
一股清澈、宁静而温暖的泉
划过心海
四季如春

2016 年 9 月 26 日夜

人生若只如初见

“人生若只如初见”
初见的美好一如大幕
拉开时的梨花阵阵
空气中弥漫着丝丝清香
飘忽中回到了久远
迂回明清，宛转于大唐的
历史与人性的命运交割
柔情里的雄浑与凄美

于心蜿蜒的不只有
古典舞剧的美
还有让人感佩的舞台布景、
灯光、音效之美
大小提琴的交融
各种乐器的呼应
无不映透着创作者、演绎者

的灵秀之美

衣袂飘飘的舞姿里
谢幕款款的深情里
我嗅到了空气中氤氲的汗味
崇敬之感于胸中生展

晏然蛰处的生命密码里
跳动着无数个如你
一般的音符，跳动岁月
一如诺贝尔文学奖获得者
辛波斯卡如谜般的诗意
折服如我
在如初的相遇里丈量余生

2018年10月17日于民族剧院

森　林

意象中神秘而好奇
青葱而茂密的林木
散发着香气
各种不知名的花草
娇羞而艳丽
还有晨曦中
各种鸟儿的欢唱

我愿迷入森林
沉浸在你的心海里
倾听心海里跳动的每一个音符

夜幕降临的时候
我愿是一盏期许的明灯
拨开迷雾
照亮夜路人前行的荆棘路

2015 年 7 月 1 日

善　良

善良
心中升腾的一种柔气
无论环境如何变迁
世态如何炎凉
你都能平静地接住

善良
天空悬挂的一轮明月
任凭风吹雨打
你都能闲庭信步
按你的节律闪耀
照亮天空的星斗

善良
脸上飘展的一种英气
风雨蹂躏后的你

一如桃花盛开

笑春风不解风情

善良

与生俱来的一种品格

时光冷却沉淀的一种气质

2018 年 7 月 16 日晨

校园秋色

校园里
旋舞而下的金叶
被我接住了
硕果仰视着
红了笑脸

明湖边
秋意浓
有鸭子正酣
我与鸭子同眠

2017 年 9 月 23 日

伤

伤
山谷里回荡着风的呐喊
在悬崖边盘旋
空阔无边的森林
荆棘丛生，雾气氤氲
风找不到飞翔的出口

风挣扎着穿过迷雾
山涧的小溪呜咽
清澈着，流向彷徨的远方

不想接近故事的结局
风中的眼泪拂过葱茏的原野
一种前所未有的荒凉
在未知领域收获光芒
该是抵御荒凉的妙方

2018 年 7 月 12 日

圣彼得堡夏宫花园记

古往今来
每一座雄丽的建筑
都有其独特的风采
建筑昭示着历史
圣彼得堡的夏宫也不例外

夏宫花园的喷泉盛景
向南一直绵延至波罗的海
疾风劲
浪花涌
唯海鸟于海面处淡定
不淡定的倒是行走的游客
不是头发上了天
就是丝巾蒙住了脸
留张体面的照片多少有点尴尬
距海栏杆不足百米处

芦苇是海风的劲敌

摇曳的姿态如绚丽的舞蹈

芦苇背风处

一片宁静而温暖的浅湾

海鸟与鸭子嬉戏其中

一幅优美的画卷

与海面跳动的节奏完全相反

置身其中，心醉其内

什么都可以想

天马行空，豪情万丈

也可以什么都不想

收割眼前的湾色已目不暇接

如阿拉丁神灯般神奇

2017 年 8 月 8 日夏宫记

世纪的光芒

几年前
视觉、耳朵所及
一直响彻着你的名字
繁芜所累
领略你的风采成了一种渴求
快乐、热情、冷傲、诙谐
幽默、优雅、英俊、潇洒
朴实、冷静、谦逊、野心
我用尽全力体会你的种种
却无法品咂你创作的孤独

你一路播撒的光芒非言语能及
凝神思慕
眼前挂满了诸多不解的问号
“娶一个属于夜间的女子
曾两次想到自杀”
创作的灵感枯竭
是你痛苦自杀的缘由吗

还是病榻的体力所限
你仿佛不是为自己而活
是为你激动不已的
创造神话的力量而活
为争取内心的自由而活
为你热爱的人或世界而活

虽感你对家庭的贡献寥寥
但你把一生都贡献给了
心爱又折磨自己的创作事业
越是艰难挣扎的环境
你创作的光芒愈盛
你享受由痛苦转换而来的
尊严之感、财富之美
美的光芒闪耀了广袤的世纪
风的翅膀会自豪地播撒
你思想的种子

你的突然离世
心痛若锥扎
我陷入戛然的迷雾中
人生如一团毛线

未知何时能拉理清晰
确信只要用心拉理
就会越拉越长远
拉出无限种可能的姿状
我从雪山的梦影中
找到了爱而无言的温情

2018 年 8 月 12 日晨读《加缪传》随感

守望你不再远离的背影

守望你不再远离的背影
是我余生的期盼
期盼里镂刻期许
在广阔的世界里遨游
采撷你心中的一朵朵浪花
浪花丰盈，吾之心愿

守望你不再远离的背影
背影镂刻思念
思念在云层站稳
我把背影串成如诗的岁月玫瑰
待春暖花开
花瓣里嵌满如你的背影
背影里尽是重逢的喜悦

2017 年 8 月 2 日“中国青年作家学会群”诗接龙所作，谨以此诗献给心中挂牵之人

天 边

壮美的高原上
寂静时
一切都是你的
开启心锁
可以天马行空地驰思

身边忠实的狗狗
都在聆听万籁
猜你心中的心思

你眺望着神圣的雪域
看将暮未暮的夕阳
赏绚丽极致的晚霞
品生命的潮起潮落
我虽不知道你在想什么
但我知道，心际大过天际线

你的梦中有一片阔的海

目断天边，情无限

也许你在期待一次

有梦相依的旅行

在驼铃阵阵的叮当声中

播撒一路幸福而希望的种子

丰盈心中的那一泓绿洲

2017 年 5 月 4 日赏油画作品随感

曾经的等待

曾经，在静静地等待
从朝阳到日暮
只为心中的那份期待
那份流过心海的欣喜
只为心中的那份温存
曾经的无言，胜过万语千言
曾经的眼神，胜过所有的日月星辰
曾经的相拥
曾经的点点滴滴
都会令人泪盈满眶
只为那份曾经的等待

2016 年 10 月 22 日

同理心

与冷漠、任性相持的一种心理
繁芜而又陡速的变迁里
你是这个时代鲜有的珍品

天空若是倒转
你该以怎样的姿态飘浮
狂躁看不到你的存在
随从更是闭紧了双眼
所思所为只有被你识别时
才有存在的展台与意义

表象永远不解你的风情
你沉潜于事务的内里
静谧蛰处
温度合宜，你如天空中
温润的阳光，威力可抵

驰骋疆域的三军

前提要有驾驭的伯乐在线

2018 年 10 月 22 日午休

痛，复活

痛
难以述说的一种符号
符号里布满百虫的撕咬

漫步大海边的梦幻
光芒熠熠的憧憬
月光融柔的力量
一种奇特于仰望处平衡

风雨之后，蓝天现
痛过之后，心复活
从此一层厚厚的铠甲
一种难以割舍的珍藏
山涧里透出的清爽笑容
是飞鸟历尽万水千山
栖息复活的理由

2018 年 7 月 27 日夜

无题 1

一夜临秋风
千叶落纷纷
万木恋祥云
小桥又流水
天庭楼台阁
可有栖心处?

2015 年 9 月 20 日

无题 2

万仞崖下扁舟疾

茫茫云海烟缥缈

蓦然间

花海缠绵蜿蜒

归心处

2015 年 10 月 12 日

心 伤

凭窗举目夜空幕
目尽高楼欲秋雨
微风细雨琵琶语
又闻秋叶萧萧声
孤雁难鸣玫瑰色
唯有寂雨伴心声

2016 年 10 月 23 日

玄武湖记

玄武湖上故地游，亭台楼阁依旧谙
杨柳依依绕湖边，湖光盈盈照月明
年迈依旧青春在，踏步歌声绕空湖
忽而情思转往日，微风细雨飘佳影

2016 年 10 月 23 日

星的祝福

今日灿烂透蓝的天
成就了五彩的夜
斑斓了星的眼
无眠了沸腾的心

秋季的十五六号
相伴的羞涩妙语
绚烂的日子于心中流
幸福的失眠笼罩着夜
风在祝福的旋律中启程
飞过高山，越过丘陵
一路兼程，永不知倦
繁星忘了矜持的模样
思慕银河中的明月
于此温馨的时刻
众星拱月，光芒闪耀
任心激动，让爱飘扬

飘向那山，那水

那轮聪慧似玉的明月

永驻一生幸福的心田

2018年10月之夜

雁栖湖记

日出东方酒店畔
波光粼粼夕阳醉
雁栖湖畔映柳影
暖月盈盈照家人

2016 年 8 月 8 日

颐和园记

桃柳拂两岸
芦荷映秋波
恢宏若斯园
自然如画舫

2018 年 9 月 24 日上午

遥望的幸福

我遥望的幸福
一如秋季里秋叶的模样
色彩纷呈而斑斓
异域飘扬的情与暖
巴厘岛的天一定很蓝

我遥望的幸福
一如一眼望不到
星空天际线的祥云
洋溢挂牵的思念
闪烁自信的眼神

我遥望的幸福
一如天空中的彩虹
多变而迷人

我期许在飞逝的节奏里

有闲观的自然与心境

一如我与祥云的相视

温情而从容

此刻的驰思里

整个天空都是我的

而我属于天空

2018 年 10 月 27 日于操场

艺术承载的力量

中国少数民族美术促进会
庆祝建党九十六周年的日子
心荡漾于开幕典礼前的画面里

见到友人们忙碌的场景
一种感慨油然而生
盛大而荣耀的光环下
永远都映衬着默默无闻的奉献者
相似的场景勾起了曾有的体悟

展厅里
油画相较于国画
其视觉冲击力着实令人惊艳
心随展品而律动
别致而淡雅的作品构图
粗犷与细腻的线条勾勒

平实与大胆的色彩对比
心找到了喜悦而飘然的理由

书画通向心灵
是内心世界的呈现形式
展会上耳闻的书画界的丑象
让我忆起了哲人米歇尔·蒙田的名言
“名望与心灵的宁静永远无法共存”
清风徐徐
大道昭昭
愿艺术家们播撒于
宁静而希望的田野上

2017 年 7 月 2 日晚

印厂小记

一个秋雨细飞的日子
车内书、诗的徜徉中
目的地就接近了尾声

一入车间
书香、墨香
机器的轰隆声
步履的穿梭
重印纸、色彩的定调
口罩带来的喜感
汇集了一天的画面

尽管两条腿有些哆嗦
但内心甘甜
笑脸绽放了所有人的收获
有时，我想当一名调色师

调心中想要的色彩

天色已晚雨未歇

车轮奔驰着

厚积落叶听雨声

此时无声胜有声

君若听得雨中意

拾撷落叶写春秋

2017 年 10 月 10 日

萤火虫

儿时的那些记忆
至今让人魂牵梦绕
清晰如初

夏日故乡的院墙上
挂满了
白色的葫芦花
嫩黄色的拉瓜花
蜜蜂、蝴蝶俨然成了
这里的主人
采花、酿蜜
徜徉着各自幸福的生活

故乡夏日的夜晚
是萤火虫的世界
飞舞的烂漫成了

孩子们追逐的乐园
童年的游乐场让人着迷
宛如飞蛾扑火
恍惚中
梦中秋日的萤火虫飞向我
萤火虫的光在秋意里发酵
每个人都闪现火花
引火才有意义
梦想家负责引进火种
管理者负责把火种燃大
团队的威力是一道道
萤火虫构筑的风景线

2017 年 10 月 31 日

这里是云的故乡

雨后，云的世界
阳光洒进机窗
满眼的晶莹葱茏
机翼的窗外
盛开着云的飘扬
此时是幻象万千的云界
此刻是天堂的仙境
时而迷雾重重
时而霞光万道
光与影搭建了云梯
牵接成了云桥
心幻化进云海
驰骋于云的形状里
这里是云的天下
这里有云飘展的自由

置身于云的画卷中

似乎忘了今夕何夕

2018年8月18日北京飞西宁随感

致平凡的人

大雨倾盆的日子
平北抗日战争纪念馆的门前
一群在雨中对党旗宣誓的人
纪念馆内
长眠于无垠大地的人
如河流大川奔腾不息
活着的人仍将继续有意或无意的事

一路上
一个充满激情的人跑上跑下
午饭间，送勺端水
遗落在车上的手机
他会不厌其烦地帮着找回
小中见大
能把小事都做完美的人
就很了不起

我把手机拍摄的玻璃翠小花
献给那些平凡如一的人
这些都是值得赞赏之人
匆匆流逝的时光
留给我们的财富
其实都是些微不足道的事
而这些小事构筑了富足的内心

2017 年 7 月 6 日晚

中秋寄语

岁月恍若驹过隙
世事打磨人棱角
昔日情景历历目
醉是君之翩翩度
梅花雪月交光处
几度夕阳无限美

2016 年 8 月

紫竹院之秋韵

紫竹院里紫竹调
满园潋滟秋光影
红果点缀青黄叶
麻雀跳跃南北枝
鸽子上树情可解
蘑菇登柳为哪般
歌舞缥缈院中阁
漫出秋韵园中色

2018 年 10 月 21 日于紫竹院

追逐梦想

梦想
心中的一粒种子
在追梦者的灌溉下
发芽、生长

梦想的实现
并非是一帆风顺的
目睹着追梦的过程
这种体悟既深刻又难忘

我喜欢记录生活
给我留下的点滴感动
追梦的身影在脑中萦绕

付梓出来的图书
宣传用的微信资料

映着众人无数次讨论、打磨的身影

时差，深夜与国际电联
倦容述说着追梦的艰辛
现场，埋头冥想的照片
记录着你的成长
刺痛着我的内心
啃咬瓶盖的照片
透着通宵达旦的场景
扬起了女子的豪情
这一切的一切
述说着追逐的信念
镌刻着追梦的浪花

永远不要低估追梦中
所赐予的悲辛沮郁体验
那是一笔宝贵的财富
是离地跳跃的音符
遭受的磨难越多
反弹跳跃的力量就越强

生命的颜色

在蜿蜒曲折的追梦路上
有彷徨，有泪水
有追逐的欣喜
仰望处，小花正盛开

2017 年 1 月 21 日

自然的丰饶美

信步嘉园小区的门口
偶遇了心中的天使
秋日的阳光愈显灿烂
脚步在动物园中轻盈
满怀新鲜的眼神观照日常
天空也会呈现不一样的色彩

调皮的猴子，慵懒的熊猫
高昂的长颈鹿，各具情态
唯园中秋草静静，芦花轻扬
一幅自然的丰饶美画卷
于心中荡漾
自然美的力量常予我莫名的感动
此刻，如同眺望银河系一般
阳光下的地平线于眼前铺展
收割着秋日里的缤纷落叶
收获着逆境中潜藏的悲喜

自然平衡生命与环境的力量

于思考中明觉

2018年10月9日于动物园漫步随感

冬

爱与孤独

世间有一种爱
适合
永远缄口
永远珍藏

凝望满是星斗的天空
折叠于穿行的云和月
月无言，星无语

2017 年 2 月 8 日

动车掠影

一抹夕阳掠江面
天光云影韵车窗
人飘影兮情绵绵
心近乡兮意切切

于 2017 年 12 月 5 日去南京的动车上

冬日的阳光

冬日里的上午
听友人的一个电话
又有一位年轻的作者
去了天国的那一端
叹人生无常
生命脆弱

冬日里的窗外
寒风凛冽着
冬日里的窗内
阳光毫不吝啬地明媚
温暖着苦涩的心绪
这时的阳光格外神奇
暖射于心
似予人万般力量
生命的波浪在起伏
绿萝在静织绿叶

日日红在绽放紫花
朱顶红在吐嫩芽
一切在默修的静谧中
舒展着生命的姿态

2018 年 1 月 9 日

冬日暖阳

晚秋一过
日子来不及数
便是冬日了
冬天给人的印象
不是清凛的风
就是萧枯的木
近几年北京的冬
还增添了儿时未闻的霾
自由呼吸成了一种奢望
一派凄苦的景象
正是这样的常态
弥显冬日暖阳的稀贵
午后的阳光洒向书房
静静的，暖暖的
一本书，一杯茶
已是所有的人生画面

暖阳不长留

春天已发芽

2016年11月27日

冬 韵

没有春天里山花的烂漫
鲜有秋日里金叶的陪衬
你一样拥有独特的神韵
我欣赏你静默里的深邃

山高曲长，落叶有序
我喜欢看你飘然而至的模样
从嫩绿跃迁至金黄、枯叶
你只不过变换了生命的颜色
变换后的纹理依旧清晰
你生命的主旋律依旧让人憧憬
期待来年又是一片葱茏色
你飘然大地安然的样子
大地懂你回归的力量

落叶飘零后的枝条

在风中摇曳，挺拔而自信
大雪纷飞的夜色里
雪花飞舞，枝条律动
阔空的森林里静谧而安详
迎接一片片曼妙的舞姿
片花似流星划过夜空
融入升腾的江河
你在蛰伏的时光里
一如过去与未来的相携
你在温润另一个春天

2018 年 12 月 3 日

银杏大道

秋风摇落金黄叶
盛装褪去展英姿
月夜婆娑映大地
金叶盈盈织彩绸

2016 年 11 月 14 日

冬 至

不争朝夕
你依旧如期而至
享白日里最短日光的暖
沐黑夜里最长月光的清

透过纯净而绵长的云层
你风尘仆仆，喜悦而来
寒冬里因你而拥有不一样的春
簇拥里涌动幸福的心海
翻滚的饺子、包子的模样
一如冬日里昼夜的交替
最终是你笑意里深情的样子

2018 年 12 月 22 日冬至

福冈人民公园

苍茫的歌诗达号漂泊
让我对彼岸有了些许期待
长长的排队等待
仍阻挡不了生展的希望

春节的欢乐气氛
装点着福冈市人民公园
一眼望到边的风景
少了让人探幽的神秘
近身的景致更让人欢喜
山茶树姿优美
树叶繁茂，花团锦簇
红似火的茶花
在皑皑白雪的映衬下
异显高雅别致
空气中弥漫着浓郁的气息

我用手机记录、传递着心意
遥远的你也一定嗅到了她的清香

脚步踏下的积雪清冽可见
让人忍不住多踏几步
留下清晰的足印
一如刻下我对日本干净的印象
抬头仰望处
阳光穿越时空
抵达公园的山坡灌丛
两个人的快乐身影穿梭

2018 年 2 月 12 日于日本

光　阴

春天的花开
秋日的落叶
夏天的凉风
冬日的暖阳
一年四季的轮回里
光阴是最大的赢家
光阴生活就像是一场博弈
等你来上演
在故乡宁静的臂弯里
光阴掠过的风景线至今萦绕
在自行车吱吱嘎嘎的年轮里
碾出了童年的纯真
青年的憧憬与梦想
响彻着幸福的旋音
在光阴的眼中
我们都是一个个小插曲

现实与期许有差异
有时会让人绝望
那就用腹语式的眼光消融吧
愿每个人都被光阴的手指幸福地划过
做一个快乐而优美的小插曲
那样的话
在光阴曲曲折折的印痕里
至少会有一条让光阴温暖而柔软的线条

2016 年 11 月 13 日

黄鹤楼记

武大研修数字班
同窗闲游黄鹤楼
亭台楼阁览冬色
近水远山恋夕阳
紫薇苑里熠余晖
鸟语啾啾着枝头
苑中倩影映廊池
一片丹心照清瀑

2017 年 11 月 26 日周日下午

徽韵里的文学情

疾驰而过的车轮声碾出了
一望无尽的江南水田
层层水雾迷漫着青松翠竹
绿油油的菜叶顶着
白皑皑的雪花
一片冰清玉洁
无限柔美千里情

黄山北站的镜像里
飘洒的清冷雨雪
似天女散花
迎接着五湖四海的文友们
熟悉的音容笑貌
将我们醉倒在音容并柔
的雪韵里

沸腾的晚宴主宰着嘉宾

文友们的心扉
独具匠心的舞台传递着
徽州古城的风韵
徽州的四季更迭演绎着
徽商、徽商女人、京剧等
的传奇史

破雪而出的绿芽剪出了
根植于文人内心的文学情
洋溢在锣鼓声声的金紫祠中
家国情怀荡云霄
雨打伞面映心声
雪花片舞沁香来
一片冰清透万种
精神的遨游穿越了
徽州茶艺、雕刻及文化
历史博物馆
新一抹的绿在雪中绽放
新一轮的果在风中轻扬

2018 年 12 月 14 日，谨以此篇献给
第二届中国青年作家学会的文友们

活着的意义

也许是年纪大了
偶喜思索人之为人的意义
然至今未有一个完美的答案
年少时，求学的热望在心头
中年时，拼搏的劲头在翻涌
流着泪，但问心无愧
心沉淀于打拼的酸甜苦辣
成长于挫折与苦痛挣扎

人活着的意义到底是什么
过去的我是谁
现在的我真的是我吗
我到底是一个什么样的人
将来的我又将通向何处
一切的一切都在时空里穿梭
让人思无所果

西西弗斯无声努力的全部快乐
是人活着的意义吗

人之为人的意义
也许就是活在一个又一个
美丽而又纠缠的期待里吧
这种期待幽谧而无穷期
让人有暇时
镂刻心灵的浪花
丰盈内心的期待
眷顾为之拼尽心力的一份份记忆

2017 年 2 月 7 日

空

心

空了

也静了

思想若脱缰的野马

天马行空

坠入仙境里

层峦叠迷雾

飞鸟竞自由

2016 年 11 月 3 日

快乐的树木

色彩与声音
大自然馈赠人类的神秘礼物
世界从此美妙绝伦，然
繁杂让人看不见眼前的色彩
喧嚣让人听不见远方的声音
假如你置身于广袤的森林
感受此时此刻的美妙
便是人最幸福的事了
因为那里的树木是快乐的
她们根系相连
自由呼吸，彼此相爱
当风来袭的时候
你听，那飒飒的作响声
是她们快乐的舞蹈
即使树叶要离开树干
也是满脸的难舍
其飘洒的姿态那么优雅
随风起舞

在地上与风快乐地捉迷藏
旋舞着
仿佛在进行一场无与伦比的音乐盛会

2016 年 11 月 22 日

妈妈

提起妈妈二字
心中的笔凝滞了
语言变得无力
沉思的音符在心中奔腾
像天边散落的无数星辰
照耀着心中难以平复的角落

在挑灯的夏夜里
我看到了姐姐们扭舞的玉米辫
织成了妈妈心中的斑斓地毯
那是一家人生活的希望

田地里，有镰刀与麦子的清香
有花生与红薯的笑脸
果实里，映着妈妈哺育儿女们的辛劳
山涧的野菜，家中待哺的白鹅与小兔

伴着妈妈许我童年调皮成长的目光

在那个物资匮乏的年代
妈妈用一种食材，做出翻新的花样
兄弟姐妹们欢乐的笑声中
漾起的是妈妈的爱与智慧

最让我不能忘怀的是
大字不识一个的妈妈
第一次带我去城里
面对困难时，她的那种勇敢与刚强
永远印在了我的骨子里

上学时的各种叮咛
已随着岁月的洗礼
变成了我前行路上的坚毅
内心深处的温暖阳光
透着妈妈的慈祥和温暖

像谜一样消逝的生命
在布满野花的穹谷里回荡

在冬夜飘起的雪花里沉寂

让我魂牵梦绕

泪盈满眶

2016 年 11 月 25 日

梦想小屋

穿越地铁
透过层林
蜿蜒而曲折的征程里
磁场相近
频率一致的人
聚在了梦想的小屋

梦想小屋
是扬帆启航的避风港
是心灵安放的栖息地
是花朵成长的摇篮所

为了梦想的小屋
火花四射
一个又一个的创意点亮

为了梦想的小屋
我们披荆斩棘
一路前行

当高歌的号角吹响神州
洋溢自信与笑脸的时候
梦想的小屋在心中开花

2017 年 1 月 22 日晨

目　送

我在地上走
你在天上飞
虽步履不及你的飞速
可目光已穿越云层
与你在同一个地平线
飞翔
跳动的影像在云层里铺展
铺成如你一般的画面
在我心口徐徐荡漾
难舍
是几年来一直响彻的音符
默默地祝福
是此时最好的一种选择

2019 年 1 月 4 日

奇　缘

永远在飘的看不见的地平线
给人无尽的遐思
在生命的轨迹里
每个人都在时间的走廊里穿梭
但在何时、何地、与何人
相遇在同一条时光隧道里
冥冥之中也许有
无形的力量在牵引
使有缘人邂逅相识
我与大师在黄山
君迈酒店早餐间的相遇
一如北方的我
在南方收割的瑞雪喜悦
莲花菩提子手串的寓意

在心中流淌

平平仄仄的岁月褪色之后

我的幸福里住着错落有致

的星状云

2018 年 12 月 10 日晨

清泉的恋曲

清泉，无关风雨
踏着不变的节奏
一路叮咚
走过春夏秋冬
蕴藏着心中的恋曲

历经沧桑的清泉
吟哦着心中的恋歌
寂静地流向大海
在那里
清泉不必喃喃自语
在大海的怀抱里
可以尽情高唱
自己的悲欣清欢
因为大海懂清泉的恋歌

2016 年 12 月 20 日

厦门的云

习惯了阴霾笼罩的北方
一入厦门的我仿佛
置身于仙界，湛蓝通透
凭窗远眺的云彩呈鱼鳞状
一片一片的波纹状
让人产生莫名的喜感
立地仰望的天空
大片大片的积云轻扬着
蓝中偶尔闪一小洞
让人产生无限好奇
好奇积云的背后隐藏了
无数未曾谋面的故事
厦门的云比北方的云
更柔软、更细腻

天空拥抱大地的力量

常让我欣羡不已

海天一色于此有了承接地

2018 年 12 月 11 日晨

生命的颜色

银杏大道上
飞舞的杏叶
生命的舞蹈
银黄
是季节赋予你的颜色
每个人都在追逐生命的颜色
年龄不同
追逐的颜色亦各异
我用脚步丈量着秋冬的距离
量着量着，恍惚间
玉兰花正在盛开
那是我心中追逐的颜色

2016 年 11 月 16 日

我有一片神奇的空域

飞过茫茫天际
掠过一片神奇的空域
我置身于天堂的盛景里
或峰峦重叠，云雾缭绕
或茫茫原野，白雪皑皑
或江河奔腾，源远流长
眼前的机窗睛域里
翱翔的机翼在空域里
尽显雄姿
我想展开双臂拥抱你
感受你的雄浑与壮阔
触摸你灵动中的柔美
远处，似山庄缥缈
仙房点点，仙客始现
在云端起舞的旋刻里

阔空中徜徉着神奇的旋律

我在腾起的浪花里

找到了翻涌的归宿

2018年12月13日

武大培训感怀

东湖蒙烟雨
冬意临校园
信步武大路
沐浴甘霖泉
长青珞珈山
醉心艺术馆
搏击数字潮
相邀未来景
难舍心中影
定格师生情

2017 年 12 月 4 日

心中的焰花

焰花
在每个人的印象里
并不陌生
焰花，大多与美好相伴

儿时见到的焰花
在天空中尽情绽放
像五彩缤纷的彩虹
满眼的羡慕与向往
装进了求学的行囊

十月的青岛
微凉的海夜
灿烂的焰花在空中爆响
像天女散花
像万花筒

变化多端
焰花里透着幸福与喜悦
幸福里住着星状蘑菇云

除夕的夜晚
焰花像撒落的流星
透过相思的云层
我看到了洋溢的笑颜

璀璨的焰花过后归于平静
焰花刷满了天空的婆娑泪眼
雾霾始现
快乐因短暂而被留恋
心中的焰花装满了五味杂陈

2017 年 1 月 29 日

雪 花

寒冷的北方冬季里
将暮未暮的夕阳
洒在清澈无尘的雪上
疑似梦境里的画面
山长水阔　任心逍遥

寒冷的月光下
一双人影
任山风料峭
清雪飞舞
你用山般躯体为我挡风
雪花飘落脸上
如炉旁取暖
卷起的雪花里
静映满月

2017 年 2 月 6 日

雪　韵

你在天空飘扬的模样
我在地上也飘飘然起来
睛窗里只有你的飘影

一片、两片、数片
喜气洋洋地来
潇潇洒洒地去
你们这是相约飘摇吗？

风起，你们相携
或旋转，或下落
眼前似有无数个天女
轻扬着点点风姿
洋溢着片片风情
风停，还我一个惊羡的眼神
俯首，你韵出了一片春光

2019 年 2 月 12 日

阳光流动着

抖动的车上
和煦的阳光洒进来
暖暖地，一路流动着

寂静的夜晚
据说愿望寄托于星空
流星划过便是心愿实现的那刻
从此可以仰望自己的幸福

流动的暖阳下
思绪徜徉的佳境
从北半球到南半球
虽足不达此
但目已迎花
诗般的生活自此生展

一如春天般的

花开满园，万紫千红

2017 年 2 月 12 日

悠然中之悲怆感

冬日的阳光洒进房间
是一种极美的视觉享受
阳光丝丝缕缕的飘洒中
透着喜悦的色彩
阳台上的长春花正艳
虎皮兰、发财树四季长青
新培育的水仙花冒出了新绿的芽儿
让人丝毫感受不到冬日的萧枯

冬日里周末读书
书中字里行间所散发的情绪
跌宕起伏
心如滴血，与大地相融
仿佛有大片的玫瑰花在绽放
绽放的花瓣间有泪花闪烁
能在悲怆中雄起的人，于人于己

于灵魂、心智都是极大的升华

迎春花春季里盛开
菊花秋日里奔放
月亮如盘如钩漫游天庭
爱能读清最遥远的星辰所蕴含的意义
信末发出的心的呼唤
让我看到了灵魂深处的气质
那种与天同阔
同地共温情
与自然和谐共振的气度

其实，每个人的一生中
能燃起生命之灯的人不多
而你是其中一个
为你点起的那盏灯依旧明亮

2017 年 12 月 17 日

这一刻里

这一刻
脚泛起水花
水亲吻着一天疲累的脚
这一刻
无须语言，无须音乐
我躺在自己的宁静里
闭上眼，聆听着
我拥有了美妙的森林
幽静葱郁，路在脚下延伸

乌云笼罩时
太阳的光芒也会逊色
这一刻
我躲进了云层里
迎接黎明的到来

这一刻里

我是自己内心的女王

2017 年 1 月 11 日

自 信

自信
阅历后内心滋生的一种力量
像清晨的一缕阳光
灿烂得满目葱茏
照耀得五脏六腑晶莹剔透
此时此刻，似感
曾经成长中的伤口在愈合
沉睡的细胞在苏醒、舒展
原本饱满的细胞在冲出体外
似有
穿越时空
跨越江河
与星月为伍
遨游星河

2016 年 11 月 11 日

雪韵情思

在特殊的日子里
你又飘飘洒洒地来了
凭窗远眺的视线里
片片的你迎向我
在窗边驻足片刻
又飘然远去

记忆的飘影像下雪一样
溶解又清晰
此时的你眼前漂移的代码
一如飞洒的片片雪花
那将是你一生的财富

你既是美的使者
又是天空记忆的记录员

更是美好心愿的漂流者

我的深情因你而追逐

有你而飘扬

2019年2月14日

艺术之魂韵

清晨，翠鸟于校园枝头雀跃
唱出了冬日寂静的清欢
午后，相拥在暖阳的时光里
车轮碾动着绵厚的情谊
驶向心驰神往的方向
徜徉于艺术殿堂的场域
袅袅升腾的沉香飘逸
伴着咖啡的香、奶茶的味
还有江南水乡的神韵佳肴
涤荡着出版人的心扉

霓虹灯下，车轮碾转
文创的摇篮里绽放着
灵动的音符
用艺术滋养生命

以拼搏绽放颜色

仰望处，月色正浓

2019年1月16日

春香湖

大叻市的中心镶嵌着
一个美丽而传奇的人工湖
此湖以一名越南女诗人而命名
酷似越南版图的月牙形设计
让人联生无限的好奇与憧憬

湖畔绿柳环绕
天鹅、游船、划艇点缀湖面
波影粼粼
一片宁静而祥和

午后的暖阳洒向湖面
轻音乐飘渺奏响
置身湖畔的友人们醉游其间
酸奶、茶、椰汁在

杯盏交错中徜徉
一切都消融在寂静的流光里

华灯初上的湖畔
金黄的橘子挂满了枝头
蜡梅踏着春天的气息
飘飘然地盛开了
各色花卉于此交会
缩影了大叻市的原本风貌

湖畔的夜色正浓
这里有
扬州炒饭的香
牛肉河粉的色
西兰花的翠
这里飘着
异国他乡的豆浆浓香
此时，无雪
只有深情对望的星月
若有，该如雪花般轻盈曼舞

远眺处，流动的车影
灯光舞出了五光十色的
湖面倒影，醉了你我
映红了新年的喜悦

2019年2月4日除夕夜

美奈的海

白云悠悠，椰树丛丛
浪花朵朵，花展枝头
你油画作品里的风景
于此绽现

一草一木的别致设计
处处彰显着酒店的格调

美奈、芽庄，海浪、沙滩
我更青睐美奈海沙的细腻
双足踏入沙滩的瞬间
阳光的温存流溢于心

海边飘扬着月亮状的彩帆
欢乐的人们与海浪搏击
泛起晶莹的浪花

夕阳处，影子点点

海风起，浪打沙滩

波涛汹涌处，鲜味阵阵

锣鼓响起时，繁星满天

异域风情的歌声飘扬海空

笑脸挂满了蔚蓝的星空

2019年2月2日

后 记

大概从 2015 年下半年开始，诗歌突然闯进了我的心扉，让我欲罢不能。要说喜欢的原因，总结一下大概有三：一是诗歌可以让人宁静，在工作飞速的节奏里，闲暇之余我喜欢静静地品味文中闪烁的优美诗意，领略先哲们凝练的思想与境界。尽管时光飞逝了上千年，但他们的思想仍熠熠生辉，闪耀于心。记得《雪莱诗选》中的“一首伟大的诗，是一个源泉，永远泛溢着智慧和快感的流水”，我喜欢这种泛溢的快感，可以做怡神的飞行。喜欢诗歌的原因之二，阅读或创作诗歌不必像创作小说那么费时，灵感的释放耗时短，碎片化时间利用充分。原因之三，人有时活在相互的期许里，朋友们赠送的诗集，抑或是鼓励的话语、眼神都会让我飘扬在多彩的天空里，恣意飞扬。

《生命的颜色》是我的第一本诗集，提笔写后记，心潮澎湃，不知该从何说起，既有惴惴不安的心绪，又有感动的泪花充盈。不安的原因有三：一是在时光飞逝的快节奏里，担心诗文的水平有限，浪费读者的时间；二是作为一名编辑的我，担心出版的诗集也许会浪费纸张，造成对自然环境的破坏；三是对于本科读数学的我而言，出版诗集多少有些让人讶异。熟悉我的同学、朋友会特别不解，一个理工女，怎么会突然舞文弄墨呢？其实，我也不知哪根神经没运转好，写诗纯属怡情，姑且任其自由跑马吧！感动的原因有很多，以下所述的点滴，似乎都可以成为理由：

曾经跟一位友人聊天时，她问起我“幸福是什么”，我理解的幸福是一种感觉，场景不同，感受不同，每个人对幸福的感受就会千差万别。人一生最大的幸福莫过于能遂愿了，哪怕于别人看来，该愿望是在显微镜下放大才可见的心愿。能够自由地享受广阔地平线的人是幸福的，把心中的愿望一点点实现也是幸福的，此时此刻的我就感觉特别幸福，幸福的感觉就像掉进了棉花堆里，再也弹不起来。

于我看来，万物都有其独特的存在理由与魅力。人与自然的交融，是最丰沛的一种享受了。每个人蛰伏的生命总有舒展的时候。我一直崇尚自然予人的生生不息的力量，像大自然一样充满生机与活力，如同日常养花给我的启示，多彩的天空带给我无限的遐思，给我莫名的向往。而这些点滴的感动构筑了书中的一首首小诗文。

于我看来，世间最珍贵的莫过于亲情、友情与爱情，这些浓浓的情是我灵感乍现的源泉。来去匆匆的时光留给我们的财富就是这些珍贵的记忆。岁月有时是用来回忆的，在某个不经意的时刻，它会唤起你所有的情绪，恣意在风中轻扬。我想记录生活给我留下的点滴感动，时光不老，爱过的时光宛如复读机，昼夜交替，爱的光芒会折射眼泪与灵性。我希望我的爱如同儿时印象中满天的星斗，洒向你的周围，把周身的每个细胞都映照得晶莹剔透。

于我看来，人的想象力与永无止境的创造力，是放飞诗歌之魂，如天边的云彩千变万化，绚丽多彩。每个人的手中都有一个看不见的线团，这线团或卷或放飞，但线团何时卷、何时放，便是一门很大的学问。心存一丝绿，蔓延开来，会有整座的森林赐予你。

我记得阿根廷著名诗人、小说家、评论家博尔赫斯说过："写作的乐趣不因文章的优劣而有所增减。"我写诗文，纯属喜欢，因为喜欢，所以耕耘。我现在最满足的事就是有好书可读，内心丰盈，间或有一种喜悦涌向心头。灵感来的时候，为自己筑一条思想的海峡，勾画一块弹性的精神跳板，在切线处探查心灵的领域，在灵魂深处迸发瞬间的笔触，我的愿望如此，愿迸发的那丝光芒刹那而久远。

最后，感谢为我诗集配书画的顾典章、周志高、王铁生（字秋石）、闫青、马强、张明等书法家、画家，为我诗集朗诵的好朋友、文创人张小五；感谢伴我一路成长的中国青年作家学会的孟翔勇、汪鑫、张福臣、齐迹、刘美英等文友们；感谢为诗集出版出谋划策、给予我帮助的刘道远、周俊、吴腾骏、高福来、郭兵、吴秦业、龚英辅、王茹、张兆青、石林、张一哲等朋友们；感谢为诗集的出版付出辛勤劳动的责任编辑宋辰辰、校对等老师们；感谢给予我创作灵感与支持的爱人王海东、女儿王舒健；感谢一直给我鼓励的挚友，也感谢上苍垂青我一颗略带灵感的脑袋，能够把自己的所思、所感于瞬间呈现，与有缘见到此书的朋友们分享。正是你们的陪伴与鼓励，才使我生命的色彩斑斓，也才有这本诗集的面世。

孙秀翠于 2019 年 4 月 26 日

图书在版编目（CIP）数据

生命的颜色 / 孙秀翠著. -- 北京：作家出版社，2019. 12
ISBN 978-7-5212-0773-6

Ⅰ. ①生… Ⅱ. ①孙… Ⅲ. ①诗集 – 中国 –当代 Ⅳ. ①I227

中国版本图书馆CIP数据核字（2019）第254226号

生命的颜色

作　　者： 孙秀翠
责任编辑： 宋辰辰
装帧设计： 老　左
出版发行： 作家出版社有限公司
社　　址： 北京农展馆南里10号　　**邮　　编：** 100125
电话传真： 86-10-65067186（发行中心及邮购部）
86-10-65004079（总编室）
E-mail:zuojia@zuojia.net.cn
http://www.zuojiachubanshe.com
印　　刷： 北京九天鸿程印刷有限责任公司
成品尺寸： 145×210
字　　数： 130千
印　　张： 11　　　　**彩　　插：** 16
版　　次： 2019年12月第1版
印　　次： 2019年12月第1次印刷
ISBN　978-7-5212-0773-6
定　　价： 88. 00元

图书在版编目（CIP）数据

生命的颜色 / 孙秀翠著. -- 北京：作家出版社，2019. 12
ISBN 978-7-5212-0773-6

Ⅰ. ①生… Ⅱ. ①孙… Ⅲ. ①诗集 - 中国 -当代 Ⅳ. ①I227

中国版本图书馆CIP数据核字（2019）第254226号

生命的颜色

作　　者： 孙秀翠
责任编辑： 宋辰辰
装帧设计： 老　左
出版发行： 作家出版社有限公司
社　　址： 北京农展馆南里10号　　**邮　　编：** 100125
电话传真： 86-10-65067186（发行中心及邮购部）
86-10-65004079（总编室）
E-mail:zuojia@zuojia.net.cn
http://www.zuojiachubanshe.com
印　　刷： 北京九天鸿程印刷有限责任公司
成品尺寸： 145×210
字　　数： 130千
印　　张： 11　　　**彩　　插：** 16
版　　次： 2019年12月第1版
印　　次： 2019年12月第1次印刷
ISBN　978-7-5212-0773-6
定　　价： 88.00元
